O
MELHOR
DO CONTO
BRASILEIRO

MARQUES REBELO
RACHEL DE QUEIROZ
JOSUÉ MONTELLO
ANÍBAL MACHADO

O
MELHOR
DO CONTO
BRASILEIRO

19ª edição

Rio de Janeiro, 2013

Marques Rebelo © José Maria Dias da Cruz e Maria Cecília Dias da Cruz;
Rachel de Queiroz © herdeira de Rachel de Queiroz, 1979; Josué Montello
© herdeiros de Josué Montello; Aníbal Machado © MCM – Maria Clara
Machado Produções Artísticas

Reservam-se os direitos desta edição à
EDITORA JOSÉ OLYMPIO LTDA.
Rua Argentina, 171 – 3º andar – São Cristóvão
20921-380 – Rio de Janeiro, RJ – República Federativa do Brasil
Tel.: (21) 2585-2060
Printed in Brazil / Impresso no Brasil

Atendimento e venda direta ao leitor
mdireto@record.com.br
Tel.: (21) 2585-2002

ISBN 978-85-03-01185-3

Capa: CRISTIANA BARRETTO E FLÁVIA CAESAR / FOLIO DESIGN

Texto revisado segundo o novo Acordo Ortográfico da Língua Portuguesa.

CIP-BRASIL. CATALOGAÇÃO NA PUBLICAÇÃO
SINDICATO NACIONAL DOS EDITORES DE LIVROS, RJ

O469	O melhor do conto brasileiro/Marques Rebelo... [et al.]. – 19ª ed. –
19ª ed.	Rio de Janeiro: José Olympio, 2013.

ISBN 978-85-03-01185-3

1. Conto brasileiro. I. Rebelo, Marques. II. Título.

	CDD: 028.5
13-00927	CDU: 087.5

SUMÁRIO

NOTA DA EDITORA   *7*

MARQUES REBELO
Caso de mentira   *11*
Stela me abriu a porta   *19*

RACHEL DE QUEIROZ
A casa do Morro Branco   *31*
Tangerine-girl   *44*

JOSUÉ MONTELLO
Vidas apagadas   *55*
Numa véspera de Natal   *71*

ANÍBAL MACHADO
Tati, a garota   *93*
A morte da porta-estandarte   *125*

OS AUTORES
Marques Rebelo   *141*
Rachel de Queiroz   *141*
Josué Montello   *142*
Aníbal Machado   *143*

NOTA DA EDITORA

COM ESTE VOLUME, a editora José Olympio oferece o que há de mais significativo no campo de nossa prosa.

A partir destes contos, poderá o leitor reencontrar nossos escritores fundamentais, como também se favorecerá aos professores o trabalho com um relevante material literário, visando à simples leitura, à interpretação, ao exame do vocabulário, à análise literária em geral etc. Inclusive os critérios de que nos valemos e a diversificação dos textos selecionados permitirão maior compreensão do gênero.

A seleção foi realizada pelo professor Ivan Cavalcanti Proença.

MARQUES REBELO

Caso de mentira

Morávamos nós em São Francisco Xavier, perto da estação, numa boa casa de dois pavimentos, jardinzinho com repuxo na frente e fresca varanda do lado, onde nascia o sol, se bem que por essa época não andasse ainda meu pai muito certo da sua vida para arrastar, sem alguma dificuldade, o luxo de residência tão ampla e confortável, mas temos que perdoar a ele, entre outras fraquezas, esta da ostentação, já que a perfeição foi negada por Deus à alma das criaturas. Eis, senão quando, meu irmão Aluísio, o demônio em figura de gente, ao praticar certa travessura arriscada na sala de visitas, aliás sempre fechada à chave e que, a não ser aos sábados, para a limpeza, raras vezes se abria para receber gente de fora, pois poucas eram as nossas amizades, caiu e deitou por terra a elegante peanha de canela, que ficava por trás do sofá de palhinha.

Isso, convenhamos, pouca importância teria se, sobre a peanha, não estivesse, como em precioso nicho, o rico vaso, um legítimo Satzuma, que papai frequentemente gabava — isto é que é a verdadeira arte, meninos! — e que mamãe admirava por seu outro valor: ser das únicas coisas que escaparam à voracidade de tio Alarico, um desmiolado, quando foi feita a partilha dos bens do seu avô, que era barão e morrera na Europa.

De tarde, papai chegando, ainda nem tinha tirado o chapéu de lebre, que usava desabado, e já mamãe o punha ao corrente, com meticulosa exposição, do desgraçado acidente.

— Aluísio!

A voz de meu pai foi tão estranha, tão diversa e violenta, que minha mãe, coitada, ficou branca, arrependida imediatamente de ter nomeado, precipitada, o santo do milagre.

Aluísio, que se eclipsara mal praticado o ato, apareceu, lembro como se fosse hoje, sem fazer barulho, de pé no chão, cabeça baixa, com aquela cara que tia Alzira classificava de "cara de boi sonso"; chegando perto de papai, levantou o rosto de fuinha, encarou-o de revés, cravando nele os olhos pequenos e irrequietos, o instante suficiente para sondá-lo com profunda sagacidade; abaixou novamente a cabeça, o cabelo nunca penteado, que mamãe ameaçava mandar cortar à escovinha, a cair-lhe em farripas pela testa enrugada e suja.

Todos nós tremíamos a bom tremer pela sua sorte, que papai, de ordinário calmo, sossegado, muito brincalhão, sabia ser violentíssimo, quando para tal lhe davam fortes motivos, e na fúria de que se enchia era fugir-lhe da frente, pois até pancada fazia parte da sua maneira de ser severo. A preta Paulina, que nós chamávamos de Lalá, e que trouxera o nosso herói ao colo desde o seu primeiro dia, chorava e rezava no corredor, espiando.

— Como foi isso? — meu pai interpelou com o cenho carregado.

Aluísio era muito imaginativo e, sem titubear, inventou-lhe ali mesmo não sei que história fantástica em que entrava um bandido, verdadeiramente o autor do lamentável desastre, fugindo logo após praticá-lo, sem que ninguém visse, pois ele, Aluísio, tinha sido a única pessoa que presenciara tão misteriosos fatos, por acaso, acrescentava com razoável dose de modéstia, quando fora buscar na sala o álbum de retratos para folhear, o que, inexplicável dado o seu gênio incapaz de ficar parado um segundo, era inegavelmente uma das suas maiores distrações.

— Nada pôde fazer — continuou num tom diferente — porque um medo, para que mentir?, um medo terrível tinha-o invadido, paralisando-lhe os movimentos, tirando-lhe a fala, tornando-o mudo, incapaz de gritar por socorro, como seria natural, não é mesmo?

Meu pai ouvia de boca aberta, numa admiração indisfarçável pela inteligência fantasiosa do pequeno. Mamãe e eu estávamos bestificados, Paulina, arregalando medonhamente os olhos, nem podia acreditar.

Aluísio descreveu ainda, com brilhante colorido e absoluta segurança de ânimo, o aspecto do sujeito: trazia compridas suíças cor de fogo — frisava, com aquele sutil amor pelo detalhe, um dos seus mais brilhantes característicos — e uma meia-máscara roxa nos olhos; as botas vinham até os joelhos, parece que estava armado, mas isso não garantia porque uma imensa capa preta envolvia-o todo.

Depois, quando percebeu que poderia, sem receio, terminar, fez um silêncio brusco, deixando cair os braços, que agitava adequadamente no correr da sensacional narrativa.

Papai não se conteve — soltou uma tremenda gargalhada. Sentou-se na cadeira mais próxima a se estorcer, chamou-o para junto de si, passou-lhe a mão pela cabeça: Você ainda há de dar coisa na vida! — sentenciou com legítimo orgulho paternal. Em frases truncadas, sem continuidade, para o restrito e ainda boquiaberto auditório, traçou-lhe um esplendoroso porvir, e mandou-o passear.

Pegando na palavra paterna, durante umas tantas semanas, Aluísio pôs os livros de banda e não parou em casa, soltando papagaios no morro, jogando gude, na rua, no meio da molecada. Chegou dia, porém, em que tanta liberdade precisava ter um freio; papai ralhou — vagabundo! — e mamãe passou o cadeado no portão de ferro. O acidente é que jamais foi esquecido, ficando conhecido na família, e contado às visitas entre gargalhadas, como o caso do bandido, ao invés do caso do vaso de faiança, como seria mais justo, dada a sua origem.

Mas, origens e transformações, tudo são injustiças neste mundo, rótulos de ouro e mercadorias baratas, tanto assim que falhei, redondamente, na primeira ocasião que tentei empregar o mesmo método do mano Aluísio, hoje advogado, e se, incontestavelmente bem colocado, com uma bonita carreira na sua frente, nem por sombra tem aquele portentoso futuro que profetizara meu pai, posto para sempre distante do nosso afeto, bom pai, quando naquele ano, tão doloroso para a minha gente, chegavam os primeiros rigores do verão.

Havia uma moringa em nossa casa, da qual somente papai bebia a sua água. Ficava dia e noite, cheia, na varandinha da copa, à sombra plácida da mangueira, para a água ficar mais fresca e se impregnar do leve sabor de barro que papai tanto prezava. Em domingos de verão, se não era infalível, frequentemente aparecia seu Souza para palestrar algumas horas; mamãe achava-o extremamente cacete, mas atendia-o com especiais finezas, porque o marido, que ela colocava pouco abaixo das coisas celestes, elogiava-o, com sincero ardor, como sendo um homem de peso e medida! Seu Souza não escondia, como poderia fazer usando colarinhos mais altos, uma velha cicatriz no pescoço e era bastante enjoado, não variando nunca de conversas — questões de terrenos para vender — e de graças: Você tem água gelada com gelo, compadre?

Papai respondia logo:

— Gelo é um perigo, seu burro! Mas tenho a minha bilha fresquinha — e gritava para dentro: — Onde está a moringa? Olhem que o Souza também quer.

Como se acabou de ver, esse privilegiado senhor era o único mortal com quem meu pai dividia o precioso conteúdo da sua moringa. Esse célebre objeto, externamente, não correspondia em absoluto a tão súbitas distinções, comuníssima moringa, dessas que se encontram nas menos sortidas quitandas. Talvez custasse poucos tostões mais, não duvido, por ser pintada, porque lá isso era ela, com casinhas e beija-flores, dentro de um oval que era uma espécie de grinalda de florezinhas róseas e azuis. No mais, uma banalíssima moringa, como já se disse.

Já que falamos de moringa, falemos também de peteca, o que à primeira vista parecendo extravagante, senão absurdo, tem memorável relação nos acontecimentos da minha existência.

Fora uma das minhas grandes ambições, ideal de criança, bem se nota, mas, pela vida adiante, não creio que, das muitíssimas que me vieram, todas tivessem sido maiores ou melhores que a da ingênua posse duma peteca.

Numa loja de brinquedos, meus olhos ansiosos tudo punham de parte, trens e velocípedes, jogos e rema-remas, para buscá-la humilde e escondida. Como, quando ia à cidade, voltava para casa sempre com as mãos abanando e sofria horrivelmente no bonde o fato de ter, mais uma vez, deixado na sua vitrine o objeto dos meus caros sonhos, o ir à cidade era motivo para mim de secretos padecimentos, e, infelizmente, isso acontecia com certa regularidade semanal, pois mamãe, não gostando de sair sozinha, e como eu era o filho mais velho, preferia-me para acompanhá-la. Tem mais juízo! — falava. Talvez por isso mesmo fizesse o Aluísio tanta diabrura — não gostava de ir à cidade. Preferia ficar em casa, longe dos ralhos da mãe, a fazer o que lhe desse na cabeça — pedras nos quintais vizinhos, estripulias no alto do muro, maldades, até como no dia em que cortou, com o machado, o rabo da gata malhada que Lalá tinha criado com papinhas.

Uma tragédia os meus passeios, porque mamãe não chamava de outra maneira as minhas saídas. Voltava sucumbido. À noite, sonhava com ela, a peteca querida, via-a minha, pular no ar, ao bater das palmadas estrepitosas, lept, lept, com as penas vermelhas, lindíssima peteca! Interessante é que não ousava pedi-la aos meus pais, sabendo perfeitamente que pouco seria o seu preço para que eles ma negassem. Idiota, poderão dizer, ilógico, poderão argumentar, levando em conta a facilidade de pedir que é própria das crianças. Nada me fará mudar: pura verdade é o que conto e a mim é quanto me basta.

Vivi assim, longo tempo, sonhando com petecas e ambicionando-as nas montras quando um belo dia, um dos domingos do seu Souza — parece incrível —, ele me presenteou com uma.

Nessa tarde excepcional, pude compreender o segredo difícil das simpatias. Olhei de frente o velho amigo de meu pai e, se continuei a achá-lo feio, é impossível esconder que achei-o infinitamente agradável. A grosseira cicatriz do pescoço, longe de qualquer piedade pela má aparência que causava, infundia-me, pelo seu dono, uma notável admiração, tentando ligá-la heroicamente a um episódio desconhecido da sua vida, um ataque inopinado que sofrera, de inimigos covardes, ficando aquele ferimento por lembrança, amarga e sempre viva, da sua coragem, reagindo. Cheguei a rir das suas eternas piadas, corria a buscar a moringa quando era hora, ficava perto dele, ouvindo-o conversar (soube aí ser proprietário de não sei quantos terrenos em Botafogo), esperava por ele no portão, levava-o até o bonde quando se ia, largos passos, que eu mal acompanhava, o chapéu-chile de abas para cima.

Pois da moringa e da peteca nasceu uma desgraça: minha mão inexperiente impeliu a última contra a primeira e esta ficou em cacos. Ninguém se alarmou: moringas há milhões por este mundo, iguais como as formigas — serenou-me minha mãe, que fazia comparações engraçadas.

Tínhamos já acendido a luz, quando papai chegou, atrasado, para jantar, e como fizera demasiado calor durante o dia, entrando suado, com sede, gritou logo:

— Vejam a minha moringa!

Contaram que se quebrara e eu fora o culpado por andar jogando peteca dentro de casa. Chamou-me. Dirigi-me a ele serenamente e tratei de inventar a aventura de um gato que perseguindo um rato...

Eu era, porém, pouco imaginativo e até o meio da minha história, trivialíssima, não conseguira encaixar nenhuma passagem de extraordinário realce. Verdade seja dita, não passei além do meio; papai deu-me um tabefe na boca:

— Mentiroso!

Puxou-me pelas orelhas, levou-me para o quarto, sem jantar, disse-me, com dureza, que um homem que mentia não era um homem, pôs-me de castigo uma semana, preso em casa, sem pôr os pés fora, na varanda que fosse. Aluísio, insensível à minha prisão, folgava, não parecendo sentir a falta do companheiro. Era de ver a facilidade indiferente com que supria, nos seus brinquedos, a minha pessoa ausente. Da janela do meu quarto, enquanto descansava as mãos doloridas de copiar, com boa letra e sem nenhum erro, as trinta páginas da minha geografia, que papai, pela manhã, antes de sair, inflexivelmente, me marcava, ficava vendo-o correr, subir às árvores, com desembaraço e agilidade. E invejava-o surdamente. Tinha dez anos.

Stela me abriu a porta

Havia alguns meses que nós nos conhecíamos e jamais o tempo passou tão rápido para mim. Ela era ajudante de costureira no ateliê modestíssimo de madame Graça, velha amiga de minha mãe. Meu irmão Alfredo, que morreu aos vinte anos, estupidamente, duma pneumonia dupla, era um rapazinho importante: não gostava de fazer recados, de carregar embrulhos, de comprar coisas para casa na cidade. Mamãe respeitava-lhe a vaidade. E eu fui buscar um vestido que ela mandara reformar — a seda estava perfeita, valia a pena. Quem me atendeu foi Stela. Madame Graça havia saído e ela não sabia do vestido. Madame Graça não lhe prevenira nada. Mas não poderia esperar? — perguntou. Madame fora ali pertinho, não demoraria. Eu disse que esperaria. Ela me ofereceu uma cadeira, voltou para o seu trabalho e pusemo-nos a conversar.

Stela era espigada, dum moreno fechado, muito fina de corpo. Tinha as pernas e os braços muito longos e uma voz ligeiramente rouca. Falava com desembaraço, mas escolhendo um pouco os termos, não raro pronunciando-os erradamente.

— Está aqui há pouco tempo, não é? — perguntei.

— Não faz um mês.

— É... Eu não a conhecia ainda.

— Vem muito aqui, então?

— Muito, muito, não. Mas venho.

Stela levantou-se para apanhar um carretel de linha e novamente voltou para a tarefa, ao lado do manequim encardido. A luz do sol, rala, branda, coando-se através da cortina de musselina branca, caía-lhe aos pés, e na doce penumbra suas mãos ágeis trabalhavam. Tinha os dedos grossos, marcados de espetadelas, as unhas cortadas bem rentes.

— A senhora sua mãe é amiga de madame Graça? — indagou depois de trincar a linha preta nos dentes.

— Desde menina.

— Ah!

Houve uma pausa em que a tesoura entrou em ação.

— Muito boa madame, não lhe parece? — perguntou sem me olhar.

— Muito.

— Tenho gostado muito dela. Nunca manda, pede. E pede por favor. Não se zanga nunca, está sempre alegre, disposta, animando a gente... Dá prazer trabalhar com uma pessoa assim, não é mesmo?

Achei discretamente que sim, ela apurou mais um detalhe de sua obra, depois continuou:

— A última patroa que eu tive era dura de se aturar. Não foi possível aguentá-la mais. Tudo achava ruim, malfeito. Não falava melhor com a gente, era como se estivesse lidando com escravos. O senhor já teve algum patrão assim?

— Não. Eu nunca tive patrão. Sou estudante.

— Ah, sim... De quê?

— Verdadeiramente de nada. Estou acabando os preparatórios. Acabo este ano. Depois é que não sei o que vou fazer.

— Deve continuar a estudar, ora! Se formar. Não há nada como a gente se formar. Meu padrinho sempre dizia isso. Queria que eu fosse professora. Eu comecei a estudar, mas era um pouco malandra — riu. — Mas ia indo. Depois é que tudo desandou. Meu padrinho morreu, madrinha ficou em dificuldades e eu me vi obrigada a abandonar os estudos. Fui trabalhar. Como sabia dar meus pontos, meti-me de costureira. É coisa um pouco ingrata. Trabalha-se demais, não há folga. Acaba-se um vestido, pega-se logo outro. Mas pode ser que um dia...

— Acredito que sim.

Ela levantou a cabeça:

— Tudo depende da sorte, pois não é mesmo?

Quando eu ia responder, o alfinete caiu e me abaixei para procurá-lo. Ela fez um gesto:

— Deixe!

Mas apanhei-o e entreguei-o:

— Aqui está.

— Muito obrigada. Mas devia ter deixado no chão. São mil que caem por dia. De tarde, quando se varre a sala, acham-se todos. É mais prático do que se abaixar a todo o momento, não acha?

— Sim, é mais prático. Mas para mim agora foi um prazer...

Ela sorriu:

— Há gosto para tudo.

O relógio cantou lá dentro com voz rachada — quatro horas. E madame Graça chegava com seu sorriso aberto, seus modos despachados, sua gordura demasiada. Queixava-se de mamãe. Uma ingrata! Assim também era demais. Há um ano que não a via (há menos de quinze dias mamãe tinha ido visitá-la de noite). Jurava que não poria os pés em nossa casa enquanto mamãe não fosse vê-la.

— É que mamãe anda muito ocupada, madame Graça. Muito cansada. É tanta lida lá em casa...

— Eu sei, histórias!... — E me entregando o vestido: — Diga a sua mãe que se não estiver como ela quer é só mandá-lo de volta.

E eu me retirei, não sem olhar demorada, mas disfarçadamente, para Stela, que me sorriu.

Aquele sorriso, aqueles olhos me perseguiram dois dias, ao fim dos quais nos encontramos novamente. Ela saía às seis horas da casa de madame Graça. Às cinco e quinze já estava na esquina esperando por ela. Uma tremura forte e irresistível sacudia as minhas pernas e o meu coração — se ela não viesse? Procurava reagir andando de um lado para outro, fumando cigarro sobre cigarro, tentando recordá-la, já que as suas feições pareciam ter se desfeito na minha memória.

Passou absorvida, apressada, não me veria na certa, se não me adiantasse. As pernas tremiam mais. A voz tremeu também:

— Boa tarde...

Ela abriu um sorriso perfeito e estacou:

— Que surpresa!

Fechando os olhos, plantado à sua frente, disse quase inconscientemente que a esperava.

— Por mim?!

— Sim.

— Verdade?

— Verdade.

Ela amassou a modesta carteira contra o peito, ligeiramente perturbada e indecisa se continuava parada ou prosseguia.

— Fiz mal?

Replicou prontamente:

— Não.

Eu estava suspenso no ar:

— Porque se fiz, não tenha o menor acanhamento de me dizer. Eu não me zango.

— Não! Falo a verdade.

— Sinto-me feliz por isso. Imensamente feliz.

Ela pôs-se então a andar e eu perguntei:

— Vai para casa, não vai?

Ela olhava o chão:

— Parece, pelo menos.

Uma sensação agradável de segurança me enchia todo aí:

— Podia ir mais devagar do que de costume?

Ela continuou com os olhos baixos, mas retardou os passos.

Passamos a fazer o mesmo caminho todas as tardes, e cada dia demorávamos mais a percorrê-lo. Ao fim de uma semana íamos de mãos dadas, perdíamo-nos por mil ruas antes de chegarmos à ladeira onde ela morava, no Rio Comprido. Nascera ali, numa casinha de três cômodos, atrás de um armazém que prosperara. Ali perdera o pai, que era embarcadiço, conhecera o mundo a palmo, outras gentes. Os japoneses comiam arroz com pauzinhos; os chineses adoravam filhotes de rato fritos em manteiga; num lugar não sabia onde, os indígenas matavam os pais quando eles ficavam velhos; na África, as mulheres é que trabalhavam, os homens ficavam dormindo em casa, bebendo, fumando e se abanando por causa do calor! Deixava-a falar e ela falava muito. Sabia eu por que ela se chamava Stela? Ah! — ria — por causa duma canoa. Foi a primeira canoa que o pai teve, menino ainda, construída por ele mesmo. Sempre amara o mar, a aventura, o desconhecido. Seu desejo era ver o mundo, conhecer todo o mundo. E um dia foi-se ao mar! Acabara num cargueiro — o *Sereia*. Tinha o casco preto, baixo, um ar de navio fantasma, muito vagaroso. No mar das Antilhas, uma tromba-d'água deu conta dele. Não se salvou ninguém. Eram quarenta homens. Ela tinha oito anos. A mãe ficou como louca, não queria acreditar. Ninguém jamais pensara que o pai se casasse com ela. Conheciam-se desde pequenos, tinham sido vizinhos muitos anos numa praia de Paquetá, onde o pai dela era administrador duma caieira. Um dia ele chegou de uma viagem, foi procurá-la, dizendo que queria a certidão dela para tratar dos papéis. E quinze dias após estavam casados. Um mês depois, ele partiu. Seis meses mais tarde, voltou. Mais quinze dias e lá se foi. Quando veio de novo, ela (Stela) tinha uma semana de nascida, era muito gorda — uma bola! A mãe escolhera o nome: Lourdes. Ele não disse nada e foi registrá-la. De volta é que se viu — registrara-a com o nome de Stela.

Tinha ela seis para sete anos, quando ele veio muito doente de uma viagem. Era um reumatismo muito forte, que quase não o deixava dormir. Ao fim de alguns dias estava livre das dores, já podia dormir, mas o médico recomendou que tomasse cuidado e fizesse, se possível, um tratamento mais demorado. Ele tinha seus cobres juntos, e seis meses pôde ficar em casa, tratando-se. Foi um tempo feliz! Recordava-se, comovida, umas lágrimas furtivas nos olhos. Ele era muito bom! Amava-a muito. Passeavam juntos, iam à praia, ao cinema, comprava-lhe uma porção de brinquedos, enchia-a de sorvetes, balas, gulodices, vestidos novos. O padrinho, que era engenheiro, ralhava com ele: você acaba estragando essa pequena de todo o jeito. Ele ria: estragava o que era dele. É, retrucava o padrinho, estraga o que é seu, mas quando for embora quem aguenta são os que ficam.

Quando ele morreu, a mãe ficou alucinada, queria morrer também. O padrinho protegeu-as. A mãe trabalhava como uma moura, lavando para umas famílias melhores das redondezas. Era ela, Stela, no princípio, quem entregava a roupa. Mas estava na escola. Fora um pouco avoada na escola. Muito distraída, diziam as professoras. O padrinho queria que ela fosse depois para a Escola Normal, saísse professora, tivesse o futuro garantido. Era bom. Mas, infelizmente, o padrinho morreu de repente, do coração, quando ela ia acabar o curso primário, aos quatorze anos. A madrinha ficou mal de vida. Era de São Paulo, voltou para lá, pois tinha ainda os pais vivos. Adeus, estudos! Foi obrigada a trabalhar. Mas não para lavar. A mãe não consentiu. Fosse costurar. Dona Amélia costurava para a vizinhança, tinha boa freguesia. Aceitou-a como aprendiz. Três meses depois estava afiada. Costurar é fácil. Um pouco de jeito, um pouco de paciência, um pouquinho de gosto, o resto vai sozinho. Mas dona Amélia não queria ainda pagá-la. Era uma exploração! Procurou outro lugar. Foi para um ateliê no Estácio. Depois — a patroa era muito implicante — saiu e foi trabalhar na Mariposa Azul, na rua Sete. Aguentou-se um ano aí, mas trabalhava demais, comia mal, gastava muito dinheiro em bonde... Assim, tratou de arranjar um emprego mais perto, no bairro mesmo. Esteve pouco tempo nele. Também não havia pequena que parasse lá. Os donos eram uns gringos, gente danada! Só vendo. Andara ainda em duas outras casas, agora estava com madame Graça. Madame era muito boa. Lá se iam três meses.

Uma noite, voltávamos do cinema, ela me disse:

— Não sei por que, tenho vontade de fugir. Parece que é o sangue de papai.

Eu olhava seu corpo, não respondi. Mas sentia que ela fugiria mesmo, um dia, para nunca mais. Não sei por que, nada fazia para prendê-la. Aceitava a ideia da fuga como um acontecimento que não podia deixar de ser. As mãos dela eram quentes, apertavam. Os seus olhos eram bem o chamado do mar, o chamado das ondas do mar, o chamado das ondas de um mar desconhecido, verde, fundamente verde, misterioso. Sentia-me fraco. Por que não faria nada para prendê-la, para tê-la sempre ao meu lado, já que sentia que a amava? Não sei. Está tão distante tudo isso, hoje, e o mesmo mistério perdura. Por onde andará Stela? Em que mares de homens se perdeu?

Às nove horas, eu esperava por Stela na esquina combinada. Era uma véspera de Natal, bastante quente, de um céu muito claro. Ela chegou e me disse, calma, resoluta, com uma grande indiferença pelo destino:

— Aqui estou.

— Querida!

Fomos andando, resolvidos. Tudo estava preparado por mim, com uma meticulosidade que assombrava a mim mesmo. Tinha tratado o quarto. Tinha discutido com o homem do hotelzinho, combinado a chegada.

— É uma moça direita — dissera ao homem. — Séria.

— Dessas vêm cá às dúzias.

Era português, com um sotaque muito carregado, um olhar sórdido que me arrepiou. Rebati com raiva:

— Mais respeito! O senhor está muito enganado!

O homem abaixou-se como um tapete. "Desculpasse-o... Não tinha a menor intenção de faltar ao respeito. Mas é que..." Não quis saber de mais nada. Saí. Estava tudo combinado. Às nove, nove e meia, estaria lá com ela.

Fomos indo. Tomamos um bonde, descemos. Andamos alguns minutos sem dizer uma palavra. Jamais pude saber se era por entendimento tácito, por medo do destino, ou por nojo antecipado do depois. Sei que ela me disse, de repente, com a voz mais rouca, os olhos mais verdes, apertando-me a mão com mais calor:

— Não devia ter vindo.

Eu tremi e paramos numa pequena ponte, como se, muda e previamente, tivéssemos combinado parar, não ir para a frente, ficarmos ali para sempre pregados. A lua é paz, é pálida, e nós tão pálidos. As horas correm, o barulho do rio correndo tinha uma tristeza de morte.

Duas velhinhas desceram a rua, vagarosas, de preto, escondidas nos xales. Passaram outras pessoas, formas vagas, que não pareciam deste mundo. E os sinos tocavam, tocavam...

— Vamos? — perguntou ela, rompendo um silêncio que parecia ser eterno.

Não fomos. Ficamos, pregados na pequena ponte, ouvindo o barulho do rio e o barulho dos sinos, vendo as estrelas na altura, esquecidos, perdidos, como restos de um naufrágio.

A casa do Morro Branco

I. O AVÔ

A casa é branca, posta no alto do morro. Fica a muitas léguas de sertão, num desses ricos estados de Brasil adentro, nos quais a vida seria um sonho se não fossem as distâncias e as doenças. Contudo, até esses males se remedeiam, porque distâncias não importam a quem não quer sair de onde está, e as doenças o corpo se acostuma com elas ou, como se diz agora, vacina.

Só conheço o lugar de vista. Como disse, tem um morro; não um grande morro alto, desses aqui do Rio que mais parecem montanhas de verdade — e pensando bem, são realmente montanhas. O de lá era antes uma colina, ou isso que nós no Nordeste chamamos de "alto" ou "cabeço". Mas por morro ficou, tanto que a fazenda era conhecida por "Morro Branco" — sendo o branco devido ao calcário rasgado nos caminhos e que, visto de longe, chegava a dar a ilusão de neve. A casa caiada, cercada de alpendres, é tão antiga que certa gente pretende que ela vem dos tempos do Anhanguera. Naquela terra, tudo que é antigo botam logo por conta do Anhanguera; e então, no caso do Morro Branco, como o Anhanguera levava nome de diabo e a casa tem fama de mal-assombrada, juntaram uma coisa com outra.

Gente que sabe, porém, conta a história direito. O homem que fez aquela casa era vindo de Pernambuco e, pelo que se contava, chegara fugido das perseguições que se seguiram à Confederação do Equador. O verdadeiro nome dele nunca se conheceu. Era pedreiro-livre, ou, como se dizia na época, "maçom". Conseguiu fugir avisado por amigos, antes que começassem as prisões e as matanças. E, mais feliz do que alguns que mal salvavam a triste vida, ou outros que nem a vida salvavam, o nosso amigo conseguiu escapar com a sua boa besta de montaria, um moleque e um cargueiro de bagagem, um bacamarte e um saquinho de couro cheio de dobrões de ouro e prata.

Chegou à terra nova lá pelo ano de 1825; naqueles longes de sertão adentro pouca notícia se sabia da mal-aventurada Confederação; e o nosso pedreiro-livre pensou, com boas razões, que se se acusasse de um crime diferente, talvez ninguém se lembrasse de lhe atribuir aquele pelo qual realmente fugia. E assim, depois que se instalou na vila, mandou que o escravo contasse, como em confidência, ao curioso povo da terra, que o seu senhor andava realmente fugido porque matara um homem que lhe desonrara uma sobrinha. Sendo o sedutor sujeito de parentela poderosa, arreceara-se o moço não de sentença da Justiça, que sua causa não dava margem à dúvida, mas de vingança da gente do morto. A história pareceu bem e ninguém se lembrou de política, tal como o previra o pernambucano.

A vila onde se acolhera era, em verdade, um bom porto para o perseguido; povoada de gente amistosa, banhada por um rio que a dividia em duas, tinha na sua igreja matriz um orago diferente de todos que se veneravam nas igrejas suas conhecidas: um velho barbudo, de cenho olímpico, sobre a cabeça uma auréola triangular — o Divino Padre Eterno.

O nosso amigo primeiro se arranchou na rua, em casa de aluguel; depois, como era homem de hábitos rurais e poupava sabiamente os seus dobrões de ouro, comprou umas datas de terra mais para arriba do rio e para lá se mudou com o moleque. Ao se instalar na vila descobrira a necessidade de arranjar nome para si. Sendo (é claro) homem de leituras adiantadas, que só por amor delas se metera na Confederação, quando viu aquela igreja consagrada ao Padre Eterno, lembrou-se da igreja de Voltaire, dedicada ao mesmo santo; e abandonando para sempre os velhos apelidos pernambucanos, declarou chamar-se Francisco Maria Arouet. O povo do lugar logo o traduziu para "seu Chico Aruéte".

De saída construiu o moleque um rancho de palha, para abrigar o novo dono na sua fazenda; mas dentro de um ano já havia casa nova, aquela casa hoje tão velha do Morro Branco, feita com risco do pernambucano, cópia rústica das casas grandes da sua província nativa.

Quem me contou a história não sabe quando foi que começou a se espalhar o boato de que seu Chico Aruéte tinha pauta com o cão. Alguns o viram passar defronte da igreja sem tirar o chapéu. Outros constataram que naquela casa da fazenda, não havia uma imagem de santo, um registro, um rosário. E o patrão, em vez de pedir moça branca na vila e casar na fé de Deus, arranjou para viver consigo uma cunhã das redondezas (ninguém sabia que ele deixara mulher em Pernambuco); e a cunhã era ver uma bugra da mata, olho enviesado, cabelo duro, fala surda e curta.

E depois, tudo que aquele homem fazia era diferente. Quando montava a fazenda, mandou de viagem o moleque, que lhe trouxe de volta, talvez de Minas, talvez de São Paulo, um garrote de raça turina, um casal de borregos também de raça (vinham os cordeiros em costal de cargueiro, cada um dentro de um jacá); um outro cargueiro trazia fardos de livros e mais uma caixa oblonga, preta, que guardava dentro — imaginem — uma flauta.

Nessa flauta seu Chico Aruéte se punha a tocar altas horas da noite. Muita gente se benzia quando passava ao pé do alto, no Morro Branco, e escutava aquele som fino de flauta furando a escuridão, como um assobio do Malimo. E cada música triste, aflita, de cortar o coração. Depois, o homem não tinha partido em política — e um homem rico, já se viu coisa assim? Dizia que só era inimigo do imperador, "o rei", como o chamava. Certa vez lhe perguntaram a que partido pertencia, e ele, rindo, respondeu que a partido nenhum — mas acrescentou que era "bode" — nome com que no Recife chamam aos maçons. A visita, ouvindo essa, despediu-se, benzeu-se e nunca mais botou os pés naquela casa. Pois quem é que não sabe que o bode, especialmente bode preto, é a própria figura de Satanás?

Além do mais, teve quem visse a cunhã de seu Chico Aruéte matando galinha em dia de sexta-feira; e daí saiu o boato de que em toda Sexta-Feira da Paixão o homem mandava sangrar um carneiro — que, como todo mundo sabe também, é a figura de Nosso Senhor que veio tirar os pecados do mundo —, aparava o sangue num caneco e o bebia assim mesmo, cru, antes que talhasse.

Também a explicação, a princípio tão aceitável, de que ele fugira da sua terra porque matara um ladrão de honra, foi se trocando por outra: e acabou correndo pela vila inteira que ele matara, mas fora um padre — que é que se podia esperar de um homem com as mãos tintas de sangue consagrado, senão que tivesse um pacto com o Maldito?

II. O FILHO

Os filhos da cunhã de seu Chico Aruéte não vingavam: morria tudo pequeno. Só um, dos cinco, se criou. E o pai, sempre diferente de todo mundo, em vez de dar à criança um nome de santo, quis que ele se chamasse Spartacus. Houve discussão com o padre na hora do batizado, mas o pernambucano teimou, o vigário se saiu com um relaxo em latim, seu Chico traçou no latim igualmente, e acabaram chegando a um acordo: o menino foi batizado por José Spartacus. Mas mesmo com o encosto do "José" o povo estranhou: aquilo lá era nome que se pusesse num inocente? Onde já se viu Spartacus em folhinha?

Logo apareceu o apelido, "Pataco". A cunhã, mãe do pequeno, foi a primeira a chamá-lo assim, que a língua dela não dava para tantos *rr* e *ss*. E, engraçado, o rapaz crescendo, parece que era um dos primeiros a acreditar no demonismo do pai. Tinha medo dele e, de noite, na cama, se benzia, quando escutava o ganido da flauta, decerto uma alma em aflição. Daí, não admira por que nunca o moço aprendera nem metade do que sabia o velho. Não era capaz de ler os livros em francês; nem jamais se interessara pela flauta, embora por toda a vida, mais tarde, a conservasse bem guardada, relíquia que era, dentro do baú de couro tauxiado de cobre que viera naquele famoso cargueiro do Recife.

Estava Pataco se pondo homem, mal começara a se barbear, quando certa manhã a mãe dele, ao entrar no quarto do velho (a cunhã não dormia com seu Chico, mas sim na camarinha dos fundos, junto com duas crias da casa), a fim de lhe trazer a tigela de café quente e a brasa do cachimbo, soltou um grito alto, talvez o primeiro da sua vida. Pataco acorreu e encontrou o pai morto em cima da cama, de ceroulas e camisa, como andava de dia, chinelas nos pés; via-se que não se deitara propriamente, caíra por cima do colchão, só mesmo para morrer. E, circunstância curiosa, que deu mais assunto à boca do povo: aquela flauta tão falada, seu Chico Aruéte morrera com ela na mão, da sua mão rolara para o chão do quarto e lá estava ao pé da cama, toda preta, salpicada de prata, que era ver mesmo uma cobra.

Mas se a vida de seu Chico Aruéte se escondia em mistério, a de Pataco, embora ali nascido e criado, ainda era pior. O pai fora homem sanguíneo que gostava de dar a sua risada e tinha raivas, acessos medonhos de raiva, durante os quais berrava desadorado, feito mesmo um possesso do demônio. Pataco — ao contrário — herdou da cunhã sua mãe o gênio de pouca fala, o olho enviesado, os modos sonsos. A vida da fazenda nas mãos dele murchou como uma planta na seca. Foi-se acabando o gado, morreram as ovelhas; os moradores, cismados, se mudavam. Aliás, no Morro Branco só trabalhava gente forra; era outra das manias de seu Chico Aruéte: dizia que não acreditava em cativeiro e não possuía gado de dois pés. Negro de seu, não tinha nem o moleque que o acompanhava à chegada; há muito lhe dera carta de alforria e se o pajem o chamava de Sinhô e lhe tomava a bênção, dizia ele que era vício do moleque. Imagine, *vício*, tomar a bênção! Mas desse jeito é que seu Chico Aruéte falava.

Passados uns tempos, Pataco apareceu como uma novidade: aproveitando uma corrente d'água que banhava a fazenda, lá embaixo, no vale, fez ele mesmo um monjolo. Ninguém tinha aparato daqueles ali ao redor. De modo que, em pouco tempo, só do monjolo vivia Pataco, moendo para si e para os vizinhos, que lhe deixavam o pagamento em farinha.

Três vezes se casou José Spartacus. Sua primeira mulher foi uma menina da vila, filha de uma viúva pobre que vivia de fazer quitanda para fora. A própria menina já costurava de ganho. E só não se achou que Pataco casara abaixo da sua condição porque afinal ele não era filho de casal e o pai tinha aquela fama esquisita. Casado, Pataco levou a moça para o Morro Branco, brigou com a sogra — a velha, pelo menos, dizia por toda a parte onde andava que tinha a filha por morta, nas mãos daquele sonso de nome de herege. Coitada da rapariga, muito pouco viveu casada.

Morreu de parto, no primeiro filho, não teve tempo nem ao menos para fazer as pazes com a mãe. E o desgraçado do marido, em vez de levar o corpo da mulher para enterrar na igreja, mandou abrir uma cova na descida do alto e ali mesmo sepultou a pobrezinha, que levava nos braços o filhinho pagão e natimorto. Tanta murmuração fez o povo que o delegado de polícia montou a cavalo e foi ao Morro Branco saber do que houvera. Trancou-se na sala com seu Pataco, chamaram a comadre que fizera o parto, e decerto ficou tudo bem contado, porque o delegado se deu por satisfeito. Parece que a moça morrera de infecção e o corpo não aguentaria a demora da viagem até a vila. De qualquer modo, combinou-se que, para a defunta não ficar enterrada no mato tal e qual um bicho bruto, o marido mandaria erguer uma espécie de catacumba de alvenaria, encimada por uma cruz; não admira que daí por diante o lugar ficasse mal-assombrado, como ficou.

A segunda mulher de Pataco era filha de um fazendeiro nortense. Deu ao marido três filhos; sendo duas moças, das quais a primeira morreu solteira na casa do Morro Branco, e a segunda casou com um roceiro de perto, sujeito de pouca criação e menores posses, que não era para levantar os olhos para moça branca, filha de família. Pataco, entretanto, não se opôs ao casamento. Dizia que o choro, se houvesse, ia ser da filha, não dele; e afinal teria uma boca de menos em casa. O terceiro filho era homem, e se chamou Francisco Maria, como o avô.

Uma dor de repente matou a segunda esposa de José Spartacus. O povo jurou que a dor era resultado de veneno ou feitiço, feito pelo marido, para se casar com a terceira mulher, com quem de fato casou. Mas essa Pataco precisou furtar, pois o pai da rapariga, quando teve ares do namoro, nem deu vaza a pedido de casamento. Do balcão da sua loja, na vila, dizia a quem quisesse ouvir, que a filha dele não fora nascida para mulher do Barba-Azul. Mas antes queria vê-la morta e donzela. A moça, porém, teimou, fugiu. Verdade que depois de casada apareceu em casa e, chorando, se ajoelhou a pedir a bênção paterna. O pai teve dó, respondeu que a bênção ela levava — a bênção e nada mais. E nunca deu a Pataco o nome de genro.

Pataco, semelhante ao pai, morreu de repente, embora não morresse na sua cama. Digo de repente porque morreu de um tiro — haverá nada mais repentino? Nunca se descobriu quem fez aquela morte. Sei que o dono do Morro Branco voltava para casa, altas horas da noite, montado na sua besta de sela, muito fina, pois as boas bestas de sela eram tradição naquela família. Já ele chegava ao pé do morro, já passava bem perto das sepulturas das suas finadas, pois que a segunda fora fazer companhia à primeira na cova à beira da estrada: e então o emboscado, que se escondera atrás da cruz, fez pontaria e atirou. A carga de chumbo grosso pegou na cabeça do cavaleiro, atravessou na altura do olho esquerdo e quando o infeliz bateu no chão, já era defunto. A mula, espantada, desembestou e subiu o alto às carreiras, arrastando o corpo, que ficara com o pé preso ao estribo.

III. O neto

O eco do tiro que matara José Spartacus ainda estava respondendo na quebrada do Morro Branco, quando rompeu a gritaria da viúva. É que a besta de sela só parara a carreira ao defrontar com o alpendre da casa velha, e ainda arrastava pelo loro o seu desgraçado cavaleiro. A gente da cozinha acorreu ao ouvir os gritos, e lá estava a patroa, abraçada ao corpo, chorando e rogando pragas. Embora não faltasse quem dissesse que ela própria fora a mandante do tiro, enciumada por uns falados amores do marido com certa mulata de ponta de rua, na vila. A verdade é que o casal vivia pessimamente, já há muitos anos. Sei que a viúva mais que depressa enxugou o choro e tratou de deixar aqueles matos mal-agourados para tornar à companhia do pai.

Conta o povo que ela, mal entregou o defunto ao pessoal que o carregou para a cama, pegou da cambada de chaves que lhe roubara do cós das calças e foi correndo abrir a mala dos guardados, o famoso baú tauxiado de seu Chico Aruéte. O que ela queria era o saco dos dobrões — mas não achou saco nenhum, nem dobrão. Apenas umas roupas velhas de cheviote e belbutina e, dentro de uma lata velha muito enferrujada, um maço de dinheiro em notas que depois se viu que estavam recolhidas, alguns patacões de prata e uma aliança de ouro. O resto era papelada, livros e a nossa velha conhecida, a flauta, guardada no seu estojo.

Foi daí que saiu a briga de fogo e sangue da madrasta com enteado, o qual, como eu disse, recebera o nome de Francisco Aruéte, em honra do avô. Mas era chamado por

Chiquinho. Assim que se deu conta da pouca pobreza restante na mala, a viúva danou-se a gritar, bradando que fora roubada pelos enteados. Eles não respondiam, porém a mais velha, que tinha jeito de bruxa, tal como a cunhã sua avó, pegou num tição aceso e chegou-o aos olhos da madrasta. A mulher saiu correndo, chegou à vila quase morta. Aliás, já houvera antes a questão do enterro; queria a viúva levar o defunto para enterrar no sagrado, mas os filhos exigiram que ele ficasse na sepultura ao pé do morro, onde já estavam as duas finadas. E foram eles que ganharam a demanda, pois a autoridade achou que já se podia considerar como um pequeno cemitério aquela catacumba da fazenda.

E a viúva, que era danada de língua, pôs-se a espalhar que fora roubada na sua meação de casamento, todo o ouro do velho Aruéte, enterrado decerto em algum lugar por aqueles parceiros do Cão-Coxo. Ai, não era à toa que naquela casa o cheiro maior que se sentia era o do enxofre. Chiquinho, o moço, herdara o gênio esquisito de Pataco, e vexado talvez com as falações da madrasta, deixou de todo de ir à vila. Também não tivera sequer a pouca criação do pai, quanto mais a do avô. Mal ferrava o nome, alguns diziam que nem isso. Tanto é que em tempo de eleição não se qualificara, e quando um cabo eleitoral lhe batia à porta pedindo voto, ele saía de mato afora, mandando dizer que não estava.

Não se casou, nem ninguém lhe conhecia mulher. Aos poucos, foram morrendo os que com ele moravam no Morro Branco, inclusive a irmã solteirona, a de fama de bruxa e, realmente, pessoa muito singular. De menina nunca se dera com a madrasta, a quem odiava. Vivia na cozinha com as negras, comia de mão, sem talher, agachada num canto; convivia mais com os bichos do que com os cristãos. Na cafua a que chamava de quarto, dormiam galinhas, pombos, e pelos cantos sempre havia uma ninhada de cachorros. Falava-se que ela criava também sapos e morcegos, mas talvez esse último pé fosse murmuração. A madrasta quando se referia a ela dizia "A bruxa" ou a "Mula sem cabeça", mas o nome da rapariga era Carolina — "Sinhá Carola", diziam as negras da casa. Quando ela se finou, já velha, o irmão com quem também se entendia mal (diz que entrava mês e saía mês sem que os dois trocassem nem bom-dia) ficou a bem dizer só. De uma em uma as negrinhas de casa se tinham sumido, por morte ou abandono, ficando apenas uma negra velha. O monjolo do pai vivia quase parado. O que se plantava de milho, mandioca, feijão e arroz mal devia chegar para o sustento da casa. O gadinho muito pouco, produzia algum boi magro ou vaca parida, que de ano em ano Chiquinho vendia na feira para comprar alguma vara de pano, um cobertor de baeta, o sal e o doce do gasto.

Por fim morreu até a preta velha, e seu Chiquinho ficou sem ninguém. Cada dia mais se espalhava a certeza de que ele tinha ouro enterrado; já agora se falava numa enorme botija, com bem uma arroba de ouro em pó, e os dobrões do velho Aruéte, que um dos três — avô, pai ou neto — enterrara em algum lugar. Mas o povo da terra se contentava em falar, jamais ninguém teve a capacidade de chegar com pergunta ao Morro Branco.

E foi aí que apareceu, sem se saber de onde, um bando de cavaleiros desconhecidos, que se diziam revoltosos da

Coluna Prestes. Mas revoltosos que fossem algum dia, agora não passavam de desertores e renegados; na verdade uns bandidos sem lei, que andavam pelo mundo roubando e assaltando. Revoltoso nunca foi aquilo.

Sei que chegaram, se arrancharam na vila, "requisitaram" comida e bebida, tudo do bom e do melhor. E logo se inteiraram, em conversa com alguém mais falante, da história do ouro enterrado no Morro Branco. Nesse mesmo dia anoiteceram, mas não amanheceram. E três dias depois deles sumirem, pessoas que passavam pela estrada da fazenda velha, viram urubu voar por cima do telhado. Curiosos, subiram até lá.

Encontraram o velho Chiquinho, morto, dentro de um lago de sangue coalhado, defunto velho de três dias. O chão de tijolo da sala estava revolvido, cavado, que até parecia formigueiro. O mesmo no quarto da frente, na camarinha das mulheres e até na despensa e na cozinha. Os homens cavaram até na cova ao pé do alto, onde estavam o finado Pataco e as duas coitadinhas, que até depois de mortas se viram ofendidas.

Mas o que nunca ninguém soube foi se o dinheiro apareceu. Pois se o acharam, os bandidos sumiram com ele que não iam contar nada a ninguém.

Tangerine-girl

De princípio a interessou o nome da aeronave: não "zepelim" nem dirigível, ou qualquer outra coisa antiquada; o grande fuso de metal brilhante chamava-se modernissimamente *blimp*. Pequeno como um brinquedo, independente, amável. A algumas centenas de metros da sua casa ficava a base aérea dos soldados americanos e o poste de amarração dos dirigíveis. E de vez em quando eles deixavam o poste e davam uma volta, como pássaros mansos que abandonassem o poleiro num ensaio de voo. Assim, de começo, aos olhos da menina, o *blimp* existia como uma coisa em si — como um animal de vida própria; fascinava-a como prodígio mecânico que era e, principalmente, ela o achava lindo, todo feito de prata, igual a uma joia, librando-se majestosamente pouco abaixo das nuvens. Tinha coisas de ídolo, evocava-lhe um pouco o gênio escravo de Aladim. Não pensara nunca em andar dentro dele; não pensara sequer que pudesse alguém andar dentro dele. Ninguém pensa em cavalgar uma águia, nadar nas costas de um golfinho; e no entanto o olhar fascinado acompanha tanto quanto pode águia e golfinho, numa admiração gratuita — pois parece que é mesmo uma das virtudes da beleza essa renúncia de nós mesmos que nos impõe, em troca de sua contemplação pura e simples.

Os olhos da menina prendiam-se, portanto, ao *blimp* sem nenhum desejo particular, sem a sombra de uma reivindicação. Verdade que via lá dentro umas cabecinhas espiando, mas tão minúsculas que não davam impressão de realidade — faziam parte da pintura, eram elemento decorativo, obrigatório, como as grandes letras negras "U.S. Navy" gravadas no bojo de prata. Ou talvez lembrassem aqueles perfis recortados em folha que fazem de chofer nos automóveis de brinquedo.

O seu primeiro contato com a tripulação do dirigível começou de maneira puramente ocasional. Acabara o café da manhã; a menina tirara a mesa e fora à porta que dava para o laranjal, sacudir da toalha as migalhas de pão. Lá de cima um tripulante avistou aquele pano branco tremulando entre as árvores espalhadas e a areia, e o seu coração solitário comoveu-se. Vivia naquela base como um frade no seu convento — sozinho entre soldados e exortações patrióticas. E ali estava, juntinho ao oitão da casa de telhado vermelho, sacudindo um pano entre a mancha verde das laranjeiras, uma mocinha de cabelo ruivo. O marinheiro agitou-se todo com aquele adeus. Várias vezes já sobrevoara aquela casa, vira gente embaixo entrando e saindo, e pensara quão distante vivem os homens, quão indiferentes passam entre si, cada um trancado na sua vida. Ele estava sempre voando por cima dos outros, vendo-os, espiando-os e, se alguns erguiam os olhos, nenhum pensava no navegador que ia dentro da nave, queriam só ver a beleza prateada vagando pelo céu.

45

Mas agora aquela menina tinha para ele um pensamento, agitava no ar um pano, como uma bandeira; decerto era bonita — o sol lhe tirava fulgurações de fogo do cabelo e a silhueta esguia se recortava claramente no fundo verde e areia. Seu coração atirou-se para a menina num grande impulso agradecido; debruçou-se à janela, agitou os braços, gritou: "Amigo! Amigo!" — embora soubesse que o vento, a distância, o ruído do motor não deixariam ouvir nada. Ficou incerto se ela lhe vira os gestos e quis corresponder de modo mais tangível. Gostaria de lhe atirar uma flor, uma oferenda. Mas que podia haver dentro de um dirigível da Marinha que servisse para ser oferecido a uma pequena? O objeto mais delicado que encontrou foi uma grande caneca de louça branca, pesada como uma bala de canhão, na qual em breve iriam servir o café. E foi aquela caneca que o navegante atirou; atirou, não: deixou cair a uma distância prudente da figurinha iluminada, lá embaixo; deixou-a cair num gesto delicado, procurando abrandar a força da gravidade, a fim de que o objeto não chegasse sibilante como um projétil, mas suavemente, como uma dádiva.

A menina que sacudia a toalha erguera realmente os olhos ao ouvir o motor do *blimp*. Viu os braços do rapaz se agitarem lá em cima. Depois viu aquela coisa branca fender o ar e cair na areia; teve um susto, pensou numa brincadeira de mau gosto — uma pilhéria rude de soldado estrangeiro. Mas quando viu a caneca pousada no chão, intacta, teve uma confusa intuição do impulso que a mandara, apanhou-a, leu gravadas no fundo as mesmas letras que havia no corpo do dirigível: *U.S. Navy.* Enquanto isso, o *blimp*, em lugar de ir para longe, dava mais uma volta lenta sobre a casa e o pomar. Então a mocinha tornou a erguer os olhos e, deliberadamente dessa vez, acenou com a toalha, sorrindo e agitando a cabeça. O *blimp* fez mais duas voltas e lentamente se afastou — e a menina teve a impressão de que ele levava saudades. Lá de cima, o tripulante pensava também — não em saudades, que ele não sabia português, mas em qualquer coisa pungente e doce, porque, apesar de não falar nossa língua, soldado americano também tem coração.

Foi assim que se estabeleceu aquele rito matinal. Diariamente passava o *blimp* e diariamente a menina o esperava; não mais levou a toalha branca, e às vezes nem sequer agitava os braços: deixava-se estar imóvel, mancha clara na terra banhada de sol. Era uma espécie de namoro de gavião com gazela: ele, feroz soldado cortando os ares; ela, pequena, medrosa, lá embaixo, vendo-o passar com os olhos fascinados. Já agora, os presentes, trazidos de propósito da base, não eram mais a grosseira caneca improvisada: caíam do céu números da *Life* e da *Time*, um gorro de marinheiro e, certo dia, o tripulante tirou do bolso o seu lenço de seda vegetal perfumado com essência sintética de violetas. O lenço abriu-se no ar e veio voando como um papagaio de papel; ficou preso afinal nos ramos de um cajueiro, e muito trabalho custou à pequena arrancá-lo de lá com a vara de apanhar cajus; assim mesmo ainda o rasgou um pouco, bem no meio.

Mas de todos os presentes o que mais lhe agradava era ainda o primeiro: a pesada caneca de pó de pedra. Pusera-a no seu quarto, em cima da banca de escrever. A princípio cuidara em usá-la na mesa, às refeições, mas se arreceou da zombaria dos irmãos. Ficou guardando nela os seus lápis e canetas. Um dia teve ideia melhor e a caneca de louça passou a servir de vaso de flores. Um galho de manacá, uma bogari, um jasmim-do-cabo, uma rosa-menina, pois no jardim rústico da casa de campo não havia rosas importantes nem flores caras.

Pôs-se a estudar com mais afinco o seu livro de conversação inglesa; quando ia ao cinema, prestava uma atenção intensa aos diálogos, a fim de lhes apanhar não só o sentido, mas a pronúncia. Emprestava ao seu marinheiro as figuras de todos os galãs que via na tela, e sucessivamente ele era Clark Gable, Robert Taylor ou Cary Grant. Ou era louro feito um mocinho que morria numa batalha naval do Pacífico, e cujo nome a fita não dava; chegava até ser às vezes carteiro e risonho como Red Skelton. Porque ela era um pouco míope, mal o vislumbrava, olhando-o do chão: via um recorte de cabeça, uns braços se agitando; e conforme a direção dos raios do sol, parecia-lhe que ele tinha o cabelo louro ou escuro.

Não lhe ocorria que não pudesse ser sempre o mesmo marinheiro. E na verdade os tripulantes se revezavam diariamente: uns ficavam de folga e iam passear na cidade com as pequenas que por lá arranjavam; outros iam embora de vez para a África, para a Itália. No posto de dirigíveis criara-se aquela tradição da menina do laranjal. Os marinheiros puseram-lhe o apelido de *Tangerine-girl*. Talvez por causa do filme de Dorothy Lamour, pois Dorothy Lamour era para todas as Forças Armadas norte-americanas o modelo do que devem ser as moças morenas da América do Sul e das ilhas do Pacífico. Talvez porque ela os esperava sempre entre as laranjeiras. E talvez porque o cabelo ruivo da pequena, quando brilhava à luz da manhã, tinha um brilho acobreado de tangerina madura. Um a um, sucessivamente, como um bem de todos, partilhavam eles o namoro com a garota *Tangerine*. O piloto da aeronave dava voltas, obediente, voando o mais baixo que lhe permitia o regulamento, enquanto o outro, da janelinha, olhava e dava adeus.

Não sei por que custou tanto a ocorrer aos rapazes a ideia de atirar um bilhete. Talvez pensassem que ela não os entenderia. Já fazia mais de um mês que sobrevoavam a casa, quando afinal o primeiro bilhete caiu; fora escrito sobre uma cara rosada de rapariga na capa de uma revista: laboriosamente, em letras de imprensa, com os rudimentos de português que haviam aprendido da boca das pequenas na cidade: *"Dear Tangerine-girl. Please você vem hoje (today) base X. Dancing, show. Oito horas P.M."* E no outro ângulo da revista, em enormes letras, o *"Amigo"*, que é a palavra de passe dos americanos entre nós.

A pequena não atinou bem com aquele *Tangerine-girl*. Seria ela? Sim, decerto... e aceitou o apelido, como uma lisonja. Depois pensou que as duas letras, do fim: "P.M.", seriam uma assinatura. Peter, Paul ou Patsy, como o ajudante de Nick Carter? Mas uma lembrança de estudo lhe ocorreu: consultou as páginas finais do dicionário, que tratam de abreviaturas, e verificou, levemente decepcionada, que aquelas letras queriam dizer "a hora depois do meio-dia".

Não pudera acenar uma resposta porque só vira o bilhete ao abrir a revista, depois que o *blimp* se afastou. E estimou que assim o fosse: sentia-se tremendamente assustada e tímida ante aquela primeira aproximação com o seu aeronauta. Hoje veria se ele era alto e belo, louro ou moreno. Pensou em se esconder por trás das colunas do portão, para o ver chegar — e não lhe falar nada. Ou talvez tivesse coragem maior e desse a ele a sua mão; juntos caminhariam até à base, depois dançariam um fox langoroso, ele lhe faria ao ouvido declarações de amor em inglês, encostando a face queimada de sol ao seu cabelo. Não pensou se o pessoal de casa lhe deixaria aceitar o convite. Tudo ia se passando como num sonho — e como num sonho se resolveria, sem lutas nem empecilhos.

Muito antes de escurecer já estava penteada, vestida. Seu coração batia, batia inseguro, a cabeça doía um pouco, o rosto estava em brasas. Resolveu não mostrar o convite a ninguém; não iria ao show; não dançaria, conversaria um pouco com ele ao portão. Ensaiava frases em inglês e preparava o ouvido para as doces palavras na língua estranha. Às sete horas ligou o rádio e ficou escutando languidamente o programa de *swings*. Um irmão passou, fez troça do vestido bonito, naquela hora, e ela nem o ouviu. Às sete e meia já estava na varanda, com o olho no portão e na estrada. Às dez para as oito, noite fechada (já há muito acendera a pequena lâmpada que alumiava o portão), saiu para o jardim. E às oito em ponto ouviu risadas e tropel de passos na estrada, aproximando-se.

Com um recuo assustado, verificou que não vinha apenas o seu marinheiro enamorado, mas um bando ruidoso deles. Viu-os aproximarem-se, trêmula. Eles a avistaram, cercaram o portão — até parecia manobra militar —, tiraram os gorros e foram se apresentando numa algazarra jovial.

E de repente, mal lhes foi ouvindo os nomes, correndo os olhos pelas caras imberbes, pelo sorriso esportivo e juvenil dos rapazes, fitando-os de um em um, procurando entre eles o seu príncipe sonhado — ela compreendeu tudo. Não existia o seu marinheiro apaixonado —, nunca fora ele mais do que um mito do seu coração. Jamais houvera um único, jamais "ele" fora o mesmo. Talvez nem sequer o próprio *blimp* fosse o mesmo...

Que vergonha, meu Deus! Dera adeus a tanta gente; traída por uma aparência enganosa, mandara diariamente a tantos rapazes diversos as mais doces mensagens do seu coração. E no sorriso deles, nas palavras cordiais que dirigiam à namorada coletiva, à pequena *Tangerine-girl* que já era uma instituição da base — só viu escárnio, familiaridade insolente... Decerto pensavam que ela era também uma dessas pequenas que namoram os marinheiros de passagem, quem quer que seja... decerto pensavam... Meu Deus do céu!

Os moços, por causa da meia-escuridão ou porque não cuidavam naquelas nuanças psicológicas, não atentaram na expressão de mágoa e susto que confrangia o rosto redondo da amiguinha. E quando um deles, curvando-se, lhe ofereceu o braço, viu-a com surpresa recuar, balbuciando timidamente:

— Desculpem... houve engano... um engano...

E os rapazes compreenderam ainda menos quando a viram fugir, a princípio lentamente, depois numa carreira cega. Nem desconfiaram de que ela correu a trancar-se no quarto e, mordendo o travesseiro, chorou as lágrimas mais amargas e mais quentes que tinha nos olhos.

Nunca mais a viram no laranjal; embora insistissem em atirar presentes, viam que eles ficavam no chão, esquecidos — ou às vezes eram apanhados pelos moleques do sítio.

JOSUÉ MONTELLO

Vidas apagadas

Le vie entière est employée à s'occuper des autres; nous en passons une moitié à les aimer, l'autre moitié à en médire.

Joubert

— Nada para mim, seu Bruno?

A pergunta de Mercedes é sempre a mesma, todas as vezes que encontra o carteiro, e a mesma há de ser a resposta do velho, que, antes de sair do sobradinho da agência postal, passou os pequenos olhos azuis na correspondência por entregar. Porém, seu Bruno, o corpo gordo envolto na surrada farda cáqui, descansa a perna direita na borda da calçada, folheia lentamente a pilha de envelopes, como se os examinasse pela primeira vez. E erguendo o semblante desolado, depois de ter dado uns minutos de esperança à figura resignada, cabelos grisalhos, fisionomia tristonha, que sempre lhe implora uma carta com a ternura dos olhos castanhos:

— Infelizmente não veio nada, dona Mercedes.

Enquanto volta a acomodar as cartas debaixo do braço curto, esboça um sorriso de compaixão, que parece mais bondoso sob a pala do boné desbotado:

— Para a rua da senhora, só há hoje uma carta. Para a Carmencita Pires. É do Rio. Deve ser do noivo.

E Mercedes, franzindo a testa:

— Há mais de três meses que ele não mandava notícia. A pobre da Carmencita já estava começando a ficar aflita. E não era pra menos.

Seu Bruno, ar de mistério, lábio inferior espichado, tira a carta do maço, olha-a de um lado e de outro, levanta uma sobrancelha, fecha o olho esquerdo.

— É do noivo, dona Mercedes. Aqui há coisa. Além de urgente, veio registrada, com recibo de volta. Noivo que vai embora e passa muito tempo sem dar notícia à noiva, não é bom sinal. É ou não é? Com a senhora foi assim. Foi assim com a filha do finado Eleutério. Por que é que com a Carmencita tinha de ser diferente? Esta vida de carteiro ensina muita coisa. E olhe que estou quase me aposentando.

Mercedes baixa o olhar para a grama da rua, suspirando:

— Os homens são todos iguais, seu Bruno. Não me refiro ao senhor, que é uma exceção. Me refiro aos outros, que não têm pena de pisar o coração da mulher e deixar a alma doendo toda a vida.

Voltou a suspirar, reprimindo a mágoa persistente:

— Deus sabe o que faz. Estou bem assim. Até logo. Lembranças à dona Cloris.

Seu Bruno tirou o boné, respeitoso:

— Obrigado, dona Mercedes. Obrigado também pelo bom juízo que tem deste velho amigo. Vá com Deus.

Na manhã clara, que o sol friorento de junho não conseguiu aquecer, Mercedes sobe a rua deserta, caminho da igreja. Olha o reloginho de pulso: faltam cinco minutos para as oito e meia. Ainda tem tempo de passar no armarinho de seu Miguel e saber se chegou a renda para a camisola da nova afilhada.

Em dezembro, Mercedes fará quarenta anos. É gorda, ar sofrido, prende os cabelos grisalhos com um pente de tartaruga, não usa pintura. No colo cheio, quase afogado pela gola alta do casaco de lã, reluz um crucifixo de ouro, que ganhou quando mocinha. No rosto salpicado de sardas só lhe restam da passada beleza as covinhas dos cantos da boca e os olhos de quebranto que os anos tornaram mais pisados.

A comprida ladeira diminuiu-lhe os passos, obrigando-a respirar mais depressa, e Mercedes retrocede no tempo, bonita de corpo, pernas grossas, já gostando de ser útil aos outros, noiva do Severino.

Seu Bruno não tinha o corpanzil de hoje, trazia o dólmã do uniforme abotoado até o pescoço, boné limpo, e ia fardado às novenas de maio, de braço dado à dona Cloris, muito importante. Ainda não havia perdido o filho, que morreu afogado num banho de rio, perto da cachoeira.

Todas as vezes que afaga meninos alheios, seu Bruno não sossega enquanto não desabafa, entristecendo a voz:

— Cloris e eu pedimos a Deus que não nos desse outro filho. Sofremos muito com a morte do Zuza. Custei a me conformar. Depois, pensei cá comigo: quando o Zuza crescesse, podia me dar desgostos. Deus sabe o que faz. A Cloris, coitada, é que ainda hoje chora muito quando pensa no coitadinho. E todos os dias põe flores no retratinho dele.

Entre o seu Bruno de ontem, ainda esbelto, cabelos fartos, e o seu Bruno de agora, gordalhão, uniforme surrado, são muitas as identidades: os olhos ternos, a fala mansa, a assiduidade às festas de igreja, e sobretudo o permanente desejo de só levar boas notícias nas cartas que entrega todas as manhãs. De tarde, ninguém o vê na rua.

— Depois do meio-dia — explica ele, contente — pertenço aos meus pés de tomate e às minhas couves. Não contem comigo.

No entanto, foi à tarde, já quase anoitecendo — recorda Mercedes, chegando ao meio da ladeira — que ele lhe veio trazer, sem a experiência de hoje, todo radiante, a esperada carta do Severino:

— Eu não lhe disse que tivesse um pouquinho mais de paciência, que a carta dele ia chegar? Aqui está ela. E veio registrada, para maior segurança. Agora, mande embora a tristeza. E até logo, que as couves e os tomates já estão sentindo a minha falta.

Sozinha na sala, rasgou depressa o envelope, dominada pelo medo. Tantos anos a gostar da mesma criatura, imaginando sua casa à medida que ia compondo as peças do enxoval, e de súbito, com o atraso da primeira carta, a sombra da primeira desconfiança, que ela própria tentou afastar do pensamento. Não, não era possível que o Severino a esquecesse! Conhecera-o menina, o namoro começara ainda no colégio, não gostara de mais ninguém, depois ficaram noivos, sempre muito amigos, sem uma briga, sem uma desconfiança. Como acreditar, de um dia para outro, que ele não mais gostasse dela, só porque morava agora numa cidade maior?

E foi tão grande a sua revolta, às primeiras linhas da carta, que se pôs a amarfanhar nas mãos iradas as duas folhas de papel de linho, sem querer chegar ao fim da leitura:

— Ah, canalha! E eu que te colocava acima de tudo na vida!

No topo da ladeira, Mercedes estende o olhar ao fim da rua. Não sobe mais aquele estirão como antigamente. Tem de parar um pouco, encher de ar os pulmões. Quando menina, subia a ladeira correndo, sem se cansar. Depois, no tempo do noivado, não precisava mudar o ritmo dos passos para chegar ao cume da rua. Agora, sobe devagar, e ainda tem de descansar lá no alto, antes de retomar a caminhada até o largo da Matriz.

— Estou gorda e velha — conclui.

Todos os dias, mesmo aos domingos, é esse o seu caminho. Quando chove, dá uma volta mais adiante, para evitar um pedaço de rua sem calçamento. Dali já avista a fachada da igreja, toda branca, rodeada pelas árvores da praça, uma das torres sempre por terminar.

— Esperto esse padre Armando: não acaba a torre para continuar pedindo ao povo para as obras da Matriz — comenta Mercedes, normalizando a respiração. — Sem isso, coitado, como pagaria as despesas do orfanato?

Assim que dobra a esquina, dá com o vulto ancho de seu Miguel, sentado à porta do armarinho, as mãos cabeludas apoiadas no espaldar da cadeira e servindo de descanso ao queixo.

Apertando os olhinhos empapuçados, seu Miguel vê Mercedes aproximar-se e não a perde de vista, interessado:

— Já está um pouco madura essa dona Mercedes — diz o libanês, roçando a papada na costa da mão —, mas não é mulher para se atirar ao lixo. Peito farto, bonitas pernas, quadris sólidos e uns olhos mortos que convidam a pecar. E vai morrer velha, sem saber o que é um homem! Devia haver uma lei proibindo donzelas, depois de certa idade. A que ficasse virgem, que fosse logo para o convento. Não andasse aqui fora, bulindo com os nervos da gente.

Logo se levanta, muito gentil:

— Estava pensando na senhora, dona Mercedes. A sua renda chegou. Igualzinha à encomenda.

Coçou a nuca, apertou os olhinhos empapuçados:

— O preço é que não é o mesmo. Veio um pouco mais alto. Como tudo, aliás. Entre duas encomendas, o preço do mesmo artigo dá sempre um pulo. Não sabemos mais onde isso vai parar. O consolo da gente são os amigos. A senhora sempre bonita, sempre moça. Benza-a Deus.

E ia abrindo a peça, a medir a renda, sem desfitar Mercedes, que fingia distrair-se com outros artigos do armarinho.

— Quantos afilhados a senhora já tem, dona Mercedes?

— Contando com o novo, dezenove.

— Dezenove — repetiu seu Miguel. — Precisamos arredondar logo essa conta. Vou falar hoje mesmo com a Raquel. Temos de arranjar mais um filho, para a senhora ser a madrinha. Faço questão de ser teu compadre, dona Mercedes. Será uma honra para a família.

E depois que ela se vai, levando o embrulhinho da renda, seu Miguel torna à cadeira da calçada, apoia novamente o queixo nas mãos, sempre a seguir a futura comadre com os olhos sensuais:

— Dezenove afilhados! Eu aposto que era capaz de te fazer vinte filhos, um atrás do outro! E todos robustos!

Mercedes volta a consultar o reloginho de pulso:

— Nove horas! E eu de conversa fiada com seu Miguel!

Aperta o passo, felizmente a rua é plana, não tardará a alcançar a igreja. O embrulhinho da renda leva-lhe o pensamento à nova afilhada, gordinha, rechonchuda, somente à espera da camisola para ser batizada. A mãe teima em querer que a filha tenha o nome da madrinha. Prefere Magali. Ou então Magnólia. Mercedes é que não.

— Pode acabar solteira, como eu.

Assim que entra na igreja, ajoelha-se diante da Virgem do Rosário, de quem sempre foi devota. Nos tocheiros de bronze do altar-mor ardem duas velas gordas, que parecem não ter fim, derretendo-se devagar.

O silêncio da nave, o cheiro da cera derretida, a luz que incendeia os vitrais, as imagens nos altares, a figura lívida do Cristo pendente da cruz que domina o altar-mor reavivam na consciência de Mercedes, à medida que repete as orações, a sua íntima certeza numa vida além da vida, sem dores nem desenganos.

O noivado desfeito tinha-a levado, durante algum tempo, a descrer de tudo. Se havia um Deus no céu, por que a castigara daquele modo? E em quem confiar, depois do golpe que recebera? Vivera uns meses voluntariamente reclusa dentro de casa, janelas cerradas, sem querer ao menos olhar a rua. Mas o tempo passou, e a vida foi tornando ao que era, dias de sol, dias de chuva, a procissão da Semana Santa, o repique dos sinos pelo Natal, e Mercedes deu por si a organizar a festa do orfanato, a pedido do padre Armando, até que entrou a desfazer uma a uma as peças do enxoval, sabendo que nunca se casaria.

— Hei de ter minha recompensa no céu — admitiu afinal, reconciliada com a antiga devoção.

Agora, ajoelhada diante da Virgem do Rosário, Mercedes apressa o Padre-Nosso, ouvindo a bulha repentina dos meninos da casa paroquial, ao lado da igreja. E logo o vulto franzino do padre Armando aparece à porta da sacristia, um pouco tenso, mãos atrás das costas, cabeça branca. Ouve-lhe o ranger das botinas nos ladrilhos da nave, adivinha que ele vai subir ao coro para se distrair com a música do órgão no resto da manhã, depois de ter dado a sua aula à meninada.

E de repente, enquanto repete o Salve-Rainha, Mercedes pensa na Carmencita, que já terá lido a carta do noivo:

— Não deixe que ela se desespere, minha Nossa Senhora — suplica, e continua a rezar.

Logo as botinas do padre Armando começam a subir os degraus da escada do coro. Lá no alto, param de ranger. Sente que o velho sustou a caminhada, encheu o peito, derramou o olhar pela nave.

— Agora vai começar a tocar.

E já as primeiras notas subiam do órgão, compondo a frase inicial da *Paixão segundo São Mateus*, quando Mercedes saiu da igreja, a caminho da casa paroquial, onde padre Armando lhe reservara uma pequena sala caiada, com um crucifixo na parede, para que atendesse ali, todas as manhãs, os pobres e necessitados que vinham em busca de sua ajuda ou de seu conselho.

Já fazia quase vinte anos que tinha aquela obrigação diária, imposta pelo padre, e para a qual sentira, desde mocinha, acentuada inclinação — interminável desfile de amarguras, queixas e problemas, a que ia dando o lenitivo apropriado, desde a palavra de consolo, a orientação na vida e o conselho para a educação dos filhos, até a reprimenda oportuna, nos casos de desavença conjugal.

De tarde, ia à casa dos mais necessitados, levando agasalhos e remédios, e ainda tinha tempo para recolher donativos para a sua obra social.

— Quem se ocupa não se preocupa — dizia-lhe frequentemente o padre Armando, ao vê-la atarefada na pequena sala.

Com o tempo, apegara-se ainda mais à sua ocupação, e era com alegria que, à noite, sozinha no seu quarto, distraía a insônia teimosa bordando a roupa dos afilhados — os muitos afilhados com que ia mitigando, no carinho aos filhos alheios, o desapontamento de não ter seus próprios filhos.

Por volta do meio-dia, tornou a ouvir o rangido das botinas do padre, dessa vez no corredor da casa paroquial, e logo lhe viu o rosto engelhado na moldura da porta.

— Hoje a freguesia foi grande — comentou ele, ao ver Mercedes acomodar as fichas no fichário de madeira.

Mercedes abriu o sorriso, sem interromper o trabalho das mãos:

— E sempre os mesmos problemas: vaga na maternidade para uma, emprego para outra, enxoval para o filho que vai nascer, receitas para aviar, consulta no posto médico, matrícula na escola pública, a moça solteira esperando bebê, e a pobre da Mercedes que se vire para dar conta de tudo.

E o velho, mãos atrás das costas, olhos no crucifixo:

— E Nosso Senhor a tomar nota de tudo, para te recompensar com a vida eterna quando fores chamada.

Em casa, quando chegou para o almoço, encontrou um recado urgente: que fosse ver Carmencita. Como já sabia do que se tratava, não teve pressa de sair. Almoçou sozinha na larga varanda rodeada de samambaias, ouvindo um rumor miúdo do velho relógio de parede no silêncio de seu lar vazio.

Tendo perdido o pai há dez anos, e dois anos depois a mãe, fizera questão de continuar ali, com duas criadas velhas, o moleque de recados e o hortelão que tratava do quintal. A casa era enorme, duas salas, dois quartos, um corredor ao meio, a varanda aberta, três quartos de correr, a cozinha, outro corredor, toda cercada de altas árvores esgalhadas, ao pé da ladeira, no fim da rua quieta.

— É o meu convento — dizia Mercedes.

E como a sua vida, já ao tempo dos pais, era um contínuo exercício de piedade sempre às voltas com a igreja e a casa paroquial, a comparação terminou pegando, consagrada pela língua do povo, que não a designava de outra maneira.

De longe em longe, reunia ali os afilhados, que alegravam a casa calada como uma bulha de passarinhos no viveiro.

Mas a verdade é que, com o tempo, amava cada vez mais o silêncio ao seu redor, recolhida consigo mesma, a baloiçar-se numa das cadeiras austríacas da varanda, terço nas mãos, até que a noite fechava e o candeeiro de petróleo chiava sobre a mesa.

Depois de cerrar a casa, esperava o sono distraindo-se com um trabalho de agulha ou lia vidas de santos. Nessas horas, pungia-lhe a falta de alguém a seu lado. A velha mágoa reprimida, que a ocupação diária e a devoção faziam esquecer, refluía-lhe à consciência, sobretudo nas noites frias, quando o vento zunia pelas frestas das rótulas, e ela sentia que o agasalho do cobertor não lhe bastava.

Suspirava, tentando em vão consolar a si mesma:

— Paciência, Deus não quis que eu me casasse.

Que iria dizer à Carmencita para abrandar-lhe o desespero? E Mercedes, pensativa, deixa os olhos no ar, busca em vão palavras e frases, termina por sentar numa das cadeiras de balanço, descansa a cabeça grisalha no espaldar de palhinha, cochila um pouco, e desperta com a voz fina do moleque:

— Minha sinhá, dona Carmencita tornou a mandar outro recado. Que quer ver a senhora. Pra senhora não esquecer.

O corpo cansado pedia ainda o aconchego da cadeira, sob o raio de sol que descia na claraboia. Enfiou com preguiça os sapatos, compôs os cabelos sem se olhar no espelho, atirou aos ombros o casaco de lã.

E para a preta velha, que a servia desde menina:

— Talvez eu jante mais tarde. Se me atrasar, não se preocupe.

Subiu a ladeira devagar, tornou a dar com seu Miguel à porta do armarinho, sempre com o queixo gordo apoiado nas mãos:

— Já falei com a Raquel — adiantou o simpático libanês, alteando a voz. — Ela disse que sim. Pode contar com a nova afilhada para arredondar a conta. Deixe o caso comigo. São favas contadas. Vá se acostumando a me chamar de seu compadre.

— Sim, compadre.

E assim que chegou à casa da Carmencita, não precisou bater palmas: abriu de manso o portão, atravessou o pequeno jardim, e logo sentiu a desolação da família no sussurro das vozes.

— Ah, Mercedes, eu estava pedindo a Deus para você não demorar — disse-lhe dona Balbina, a enxugar as mãos na barra da saia, logo que deu por ela. — Imagine você que o canalha do Jorge mandou uma carta à Carmencita desmanchando o noivado! Seis anos empatando a menina! E é agora que aquele cachorro descobre que não gostava de minha filha para casar! Ah, bandido! A sorte daquele patife é que ele está longe, senão quem dava um tiro nele era eu!

A ira encordoara-lhe as veias do pescoço, olhos pulados, vermelha, sacudindo no ar as mãos coléricas:

— A Carmencita, coitada, desde que recebeu a carta do cretino, não para de chorar. Pensei logo em você, Mercedes. Vá conversar com ela. Veja se consegue dar um consolo à pobrezinha. Você tem jeito para essas coisas. Já passou pelo mesmo sofrimento. Entre. Fale com ela. Eu não sei mais o que dizer. Começo a falar, e também quero chorar. Mas de raiva, de ódio, com vontade de matar aquele cachorro. Seis anos de noivado, cinco anos de namoro, e depois de tudo — passe bem, muito obrigado! Só matando, Mercedes! Mas ele paga! O que aqui se faz, aqui se paga!

Mercedes ouviu os soluços abafados de Carmencita, e reviu a si mesma, de bruços na cama, sacudida pelo pranto, assim que abriu a porta da alcova.

Sentou na borda do leito, pousou a mão amiga na cabeça despenteada que se apoiava no travesseiro, esteve um momento em silêncio, deixando passar-lhe a convulsão dos soluços, e afinal falou à outra, numa voz macia, que acompanhava o lento deslizar dos dedos nos seus cabelos ondulados, brandamente, suavemente:

— Sou eu, Carmencita. Olhe para mim.

Antes que Carmencita se voltasse, viu a um canto a arca do enxoval, toda em cedro trabalhado, com severos argolões de bronze, e condoeu-se ainda mais do sofrimento da moça que vira menina, condenada agora a pôr em uso cada uma das peças ali guardadas, no lento desfazer de seu sonho nupcial. Depois, desviando o olhar compadecido, deu de frente com a Carmencita, semblante desfigurado, os olhos pisados de chorar:

— Eu não posso mais viver. A vida acabou para mim. Tenho de morrer, tenho de morrer!

E Mercedes, prendendo-lhe as mãos:

— Não diga isso, minha filha. Isso não é coisa que se diga. Tenha calma, entregue o seu caso a Deus. Tenha um pouco de paciência.

E por quase uma hora, no mesmo tom impositivo, em que a energia contracenava com a doçura, chamou-a gradativamente à serenidade, até que lhe sentiu espaçar a contração dos soluços:

— Deus é que sabe do nosso destino, Carmencita. Não sou eu. Não é você. É Ele, apenas Ele, mais ninguém. Procure conformar-se. A vida que nos interessa é outra, fora deste mundo de provações. Quem lhe assegura que o Jorge a faria feliz? Se ele, antes de casar, não se mostrou digno do seu amor e de sua dedicação, ponha as mãos para o céu e dê graças a Deus. Antes agora que depois. Tenho visto tanto drama por aí, tanto sonho bonito desmanchado, que só mesmo existindo uma recompensa futura para dar sentido a esta vida. Tenha fé em Deus, minha filha.

Calou-se de repente, sentindo que se emocionara. E viu que Carmencita, o rosto descoberto ainda banhado em lágrimas, erguia o busto, os pés para fora da cama, e ficou imóvel, as mãos entrelaçadas nos joelhos. O vestido aberto à altura do peito mostrava-lhe o colo muito claro, com os seios subindo e descendo nos haustos da respiração ofegante. Os olhos pisados na fisionomia devastada olhavam para dentro, soltos no ar.

E Mercedes, a olhar a outra, sinceramente apiedada de sua beleza de mulher feita, que o tempo e a solidão em breve começariam a devastar:

— Você ainda pode encontrar outro noivo, minha filha...

Carmencita continuou a olhar para dentro, pensativa. E de súbito, levantando o olhar úmido, uma faiscação de ódios nas pupilas:

— Aqui não há mais casamento para mim, como não houve mais para a senhora. Sabe quantos anos faço em dezembro? Vinte e sete. Pareço ter menos porque sei me arrumar. E sabe quantos anos gostei do Jorge? Onze! Onze anos a sonhar com o meu marido, nesta terra onde não há homens, porque os bons vão embora e os que ficam não podem casar! A sonhar com a minha cama, com os meus filhos, com a minha casa! Onze anos, dona Mercedes! E de repente tudo isso desaparece. Não tenho mais horizonte dentro de mim. Que é que me resta? Um corpo a pedir um homem, sem que eu possa me dar a ninguém! A ninguém, porque não tenho alma de vagabunda. Vou levar uma vida vazia, inútil, carregando o ódio de ter sido enganada, e ainda por cima condenada a este fim de mundo, servindo de chacota aos outros. Moça velha! Moça velha! E ouvindo os moleques a serrarem de noite, ao pé de minha janela, para zombarem de minha virgindade! Eu nasci para ser mãe, dona Mercedes, assim como a senhora também nasceu! Nasci para me dar a um homem, que fosse só meu! E hei de morrer com meu corpo intacto, amargurada, envelhecida, assim como a senhora está se acabando, dona Mercedes! Uma velha! Uma velha!

Mercedes sentiu uma onda de calor abrasar-lhe o rosto, como se Carmencita, no impulso da ira cega, lhe houvesse vibrado uma bofetada, que fizera refluir à sua consciência a revolta de tantos anos de amargura. E demorando as palavras, numa voz coibida, conseguiu responder-lhe, já senhora de si:

— Em compensação, quando você morrer, irá para o cemitério assim como eu, no seu caixão de virgem todo branco, enfeitada de lírios, coberta de rosas brancas...

E por um momento as duas se olharam de frente, sobrancelhas alteadas, dando mesmo a impressão momentânea, por uma tênue contração dos cantos da boca, de que iam sorrir de seus próprios desesperos. Porém, logo a seguir, ambas deixaram cair as pálpebras, alongando mais o silêncio. E em silêncio ficariam, se Carmencita, já sem forças para conter os olhos em brasa, não levasse as mãos ao rosto, numa nova explosão de soluços.

Então Mercedes, atraindo para o regaço a cabeça da outra, voltou a afagar-lhe os cabelos, e também rompeu a chorar.

Numa véspera de Natal

O destino gosta de inventar desenhos e figuras.
A dificuldade dele reside no complicado.
A vida mesma, porém, é difícil pela simplicidade.

Rainer Maria Rilke
Os cadernos de Malte Laurids Brigge

Foi no momento em que dom Fernando, mais bonito e esguio nos seus paramentos solenes, começava a benzer as alianças, diante dos noivos ajoelhados, que Madalena divisou, do meio da igreja, por entre tantas cabeleiras, calvas e chapéus, os inconfundíveis bigodes de seu ex-marido.

— É ele, sim, não há dúvida que é ele — disse a si mesma, com irreprimível alvoroço, ao mesmo tempo que assestava melhor o lornhão de madrepérola, esticando o corpo, quase na ponta dos pés.

Daí por diante só voltou a dar atenção ao casamento do Abelardo e da Silvinha, quando as vozes do coro acompanharam o órgão, nos acordes da Marcha nupcial, com os noivos descendo a passadeira vermelha, caminho do salão da sacristia onde receberiam os cumprimentos.

— Ninguém diz que Jorge já fez 68 anos — comentou Madalena, voltada para o cortejo que vinha passando agora à altura de seu banco, a noiva muito bonita no vestido longo, o rapaz bem lançado, mais magro no fraque impecável.

E só então reparou que, a despeito de ter os olhos no noivo, continuava a pensar no ex-marido, também esguio e ainda elegante, a velhice realçada pela cabeleira farta, quase toda branca, um cravo na lapela. Logo se lembrou de que ia fazer agora 36 anos que se tinham casado.

Jorge, quando descera do altar, nesse dia distante, de fraque e calça listrada, já era o campeão de esgrima com retratos nos jornais, participação nas Olimpíadas, automóveis, um ar distante e fatal que virava a cabeça das mulheres. Por sua causa tinha se matado a senhora de um banqueiro. Também por ele uma vedete portuguesa armara um escândalo tempestuoso em pleno palco, quase cortando a chicote o rosto de uma colega.

No entanto, havia sido ela, Madalena, simples professorinha de inglês, pequena, rechonchuda, olhos azuis, queixinho dividido ao meio, quem conseguira enleá-lo e prendê-lo, conduzindo-o à igreja, muito orgulhosa e feliz.

Apesar de o casamento ter durado menos de quatro anos, a verdade é que ela guardava desses dias longínquos uma saudade teimosa. Ao se separarem, tinha continuado no mesmo apartamento da lua de mel — com a sala de jantar onde cantava um cuco, o quarto de dormir abrindo as largas janelas para a verdura de um parque, a saleta que servia de escritório, a cozinha ladrilhada, o banheirinho ao lado, tudo muito limpo e reluzente. Um dia — calculou — talvez Jorge voltasse. Nos primeiros tempos, sofrera muito com a solidão à sua volta, tentara distrair-se na leitura, pedira no instituto que lhe dessem mais alunos — enquanto Jorge continuava a aparecer nos jornais, sempre bonito, casado agora com uma artista de cinema, criatura magra e pestanuda, ar de mulher fatal.

Depois, já afeita à sua paz, Madalena o perdeu de vista. Escassearam pouco a pouco as notícias a seu respeito, outros campeões de esgrima apareceram, a artista de cinema saiu dos cartazes, e a vida continuou. Volvidos onze anos, tornou-se a falar dele e da artista, a propósito de um acidente de automóvel em que ela morreu e ele se salvou. Só aí é que Madalena veio saber que Jorge tinha uma casa no Mediterrâneo, nos arredores de Cannes, e que se dedicava à criação de cavalos de corrida.

No ano seguinte, pelo fim do outono, voltou a ter notícias dele, ainda pelos jornais, a propósito de seu novo casamento, desta vez com uma condessa italiana, dona de um circuito de casas de moda.

— Deve ser mais velha do que ele e meio doida — admitiu Madalena, ao ver-lhe o retrato numa revista.

Outros anos passaram, com as mesmas aulas no instituto, as férias escolares, as excursões com os alunos, os concertos da Orquestra Sinfônica, e Madalena não deixou de ser, ao longo desse tempo, a excelente professorinha de inglês, sempre cheirando a pó de arroz e alfazema, muito bem-vestida, risonha, olhinhos levemente empapuçados, umas ruguinhas impertinentes riscando-lhe a testa e os cantos da boca, o mesmo passinho esperto.

Assim que os noivos atravessaram a porta da sacristia, Madalena relanceou o olhar pela nave, em busca de Jorge.

— Está na fila dos cumprimentos — adivinhou, orientando-se para lá com o coração aos saltos.

Mas na longa fila dos cumprimentos, que tomava todo o corredor lateral da nave e entrava pela sacristia, não deu com ele, por mais que assestasse o lornhão em várias direções. Teria ido embora?

— Com certeza — suspirou Madalena, a bater com o lornhão, aborrecidamente, na costa da mão esquerda — ele ficou no começo da fila, cumprimentou logo os noivos, e deu o fora.

Com uma ponta de tristeza no semblante empoado, esperou pacientemente a sua vez na fila preguiçosa, passo a passo, a lutar consigo mesma para apagar da consciência o desapontamento que a torturava.

Depois de 32 anos de separação, fora aquela a primeira vez que vira o Jorge. De retrato, pelas revistas, acompanhara-lhe, até certo ponto, a gradativa ruína. Agora, ao divisá-lo perto do altar-mor, sentira-o mais velho, mais acabado, embora parecendo aquém da verdadeira idade, o corpo esguio arrimado à bengala de castão de ouro, os mesmos bigodes, a mesma cabeleira derramada.

— Um bonito velho — conclui Madalena, com outro suspiro.

E distraiu-se consigo própria, sem perceber que a fila ia caminhando. Foi preciso que um senhor magro, que se achava logo atrás e brincava com a corrente do chaveiro, a advertisse, num sussurro:

— Faça favor, minha senhora.

E ela, assustada, adiantando-se:

— Perdão.

Meia hora depois, ao sair à rua, desceu por uma das portas da sacristia sobre o pátio da igreja, orientando-se, com o mesmo passinho ágil, para a parada de seu ônibus, duas esquinas adiante.

Aqui fora havia ainda uns restos da luz da tarde, porém Madalena, debaixo de seu chapeuzinho de palha, olhava mais para dentro de si própria, atiçando reminiscências antigas, do que para a claridade alta, tocada de tons vermelhos, que se esgarçava por cima dos telhados.

— Ainda bem que ele não me viu — considerou, com o pensamento no ex-marido.

Podia ter vindo com o vestido de seda azul que ainda não estreara e que deixara para a Missa do Galo, mais tarde, na catedral. Gostava mais do vestido novo, com seu adorno de vidrilhos, do que do vestido de renda negro com que viera ao casamento.

— Em todo caso, se ele me visse com este — concluiu, estendendo o olhar para a rua, em busca do ônibus —, eu não estaria malvestida.

O dia límpido, com a animação das ruas, o vento frio, as árvores despidas, ajustava-se à véspera do Natal. Da porta das casas, por entre ramos verdes de pinheiros, pendiam sinos prateados, com a inscrição das boas-festas. Adiante, na amplidão de uma praça, debaixo de um toldo de ramos entrelaçados, via-se um imenso presépio com as figuras em tamanho natural.

E o que Madalena viu, olhando no sentido da praça, eram os Natais de outrora, três na companhia do marido, outros sem ele no aconchego do seu apartamento, outros ainda em alheias terras; sob a neve tiritante, ásperas ventanias, o bater festivo de sino e carrilhões.

Estava tão absorta no seu mundo de lembranças que não viu aproximar-se um imenso carro cinza, quase a raspar o meio-fio. Voltou a assustar-se, caindo em si, ao dar com o automóvel ao seu lado, ao mesmo tempo que, dentro, no banco dianteiro, o rosto de Jorge a olhava, sorrindo:

— Quer que eu a deixe em casa, Madalena?

— Sim, sim — concordou, alvoroçada e vermelha.

E depois que aceitou o convite, admitiu, ainda corada, um ardor nas orelhas e na raiz dos cabelos, que devia ter relutado um pouco. Mas já o Jorge abria a porta do carro para saltar, apoiando-se na bengala.

— Não precisa descer — opôs-se Madalena.

E ele, teimando, a firmar no chão da calçada a ponta da bengala:

— Ora essa! E por que não? — replicou, abrindo o sorriso.

De perto parecia mais velho, com as mãos enrugadas, pequenas manchas escuras subindo para os punhos, os vincos do rosto bem marcados, a pele do pescoço um tanto mole no colarinho frouxo. Mas o sorriso tinha o dom de lhe remoçar o semblante, aguçando o brilho dos olhos, apertando as pálpebras, abrindo mais a boca, repondo na face queimada um toque muito pessoal de malícia instintiva.

Beijou a mão de Madalena, mesmo apoiado na bengala, ajudou-a a entrar no carro, bateu a porta, veio caminhando devagar para entrar pelo outro lado.

E, ao sentar-se, descansando as mãos no volante:

— Passei a andar de bengala — explicou-se, acelerando o motor — depois de uma queda de cavalo. Felizmente não fiquei impossibilitado de guiar automóvel.

E quando o carro deslizou na pista de asfalto, Jorge olhou Madalena pelo canto dos olhos, tornou a sorrir.

— Você se lembra do nosso primeiro automóvel? Era um fordeco preto, que fazia um barulho danado nas subidas e me obrigava a saltar para virar-lhe a manivela quando o motor parava.

Madalena riu também, dizendo que sim, que lembrava perfeitamente. E acrescentou, numa voz emocionada:

— Foi nele que saímos da casa de mamãe para o nosso apartamento.

— E por sinal — completou Jorge, no mesmo veio de lembranças —, que lhe tinham amarrado no para-choque não sei quantas latas velhas e um balde de lixo.

Ela riu, confirmando:

— Trote do meu irmão, que dava tudo por uma brincadeira.

— Como vai ele? — indagou Jorge, ainda sorrindo.

— Morreu. Já faz quase dez anos.

— Não sabia.

Ficaram os dois em silêncio, graves, tocados pela consternação comum, e foi Jorge quem reatou o diálogo:

— Sabe o que mais me tem doído, neste meu regresso? É saber que estão mortas as pessoas que procuro. No meu clube, só encontrei dois contemporâneos: o Quincas, meu companheiro de remo, e o Felipo, que me ensinou esgrima. Estão dois cacos velhos, principalmente o Felipo. Lembra-se dele?

Alto, peito avantajado, cabelos crespos. Está magro, só pele e osso, dentro de um paletó imenso, careca, a boca funda, sem dentes. Foi ele que me reconheceu. Eu passaria por ele sem saber quem era. O Felipo! Quem diria!

E Madalena, aproveitando o silêncio:

— Mas você continua a mesma coisa. O cabelo é que ficou grisalho. E o bigode também.

Ele riu alto. E depois, recolhendo o riso:

— Você, com o tempo, aprendeu a mentir? Você, sim, é que continua com o mesmo ar de menina, o mesmo perfume, a pele bonita, sem tomar conhecimento da velhice. Meus parabéns!

E de repente, mudando o tom da voz:

— E eu que ainda não perguntei onde você está morando?

— No nosso antigo apartamento — replicou Madalena, firmando o olhar no rosto do companheiro para sentir-lhe a reação.

— Ah! Não me diga! Com as janelas para o parque? A saleta com a estante dos livros e a vitrina dos bibelôs? A cadeira austríaca na sala de jantar? Que maravilha! Que saudade isso me traz!

Mas ficou logo sério, lembrando-se de ter ouvido, fazia alguns anos, que também Madalena andava a recompor a sua vida, parece que com um companheiro de instituto, também professor de línguas. Quis perguntar se era verdade que ela voltara a casar-se, mas o medo da confirmação fê-lo calar-se, ao mesmo tempo que freava o carro ante o olho vermelho do sinal do trânsito.

E foi ela quem perguntou:

— Você continua casado com a condessa italiana?

— Morreu há seis meses, depois de passar quase três anos num sanatório da Suíça. Sozinho, desfiz a casa de Capri, resolvi viajar, agora aqui estou — respondeu Jorge, torcendo o volante para entrar na ruazinha da ladeira suave, perto do parque.

E sem se voltar para Madalena:

— Como você vê, não esqueci o caminho...

Parou defronte de um prédio cor-de-rosa, janelas de sacada, portal manuelino, na esquina da rua. E ainda com as mãos no volante, olhou em volta, buscando conferir as imagens que tinha na memória com as imagens que ia recolhendo nas pupilas emocionadas.

— Muita coisa mudou neste trecho — observou. — O prédio junto do nosso é novo. Lembro-me bem de que aí havia uma garagem. Ali adiante era uma confeitaria.

— Agora é um restaurante — esclareceu Madalena.

E baixando o olhar para a bolsa e as luvas, convidou-o, num fio de voz, muito vermelha:

— Se você não tiver outro compromisso, venha tomar chá comigo, e preparado por mim, como antigamente.

— Não, não tenho — replicou ele, abrindo a porta ao seu lado e adiantando a ponta da bengala para o asfalto da rua.

Calçando uma das luvas, ela esperou que ele saltasse e desse a volta pela frente do carro para lhe abrir a porta do lado da calçada. E aceitou, para saltar, a mão solícita que ele lhe ofereceu.

À entrada do prédio, Jorge parou, alongou a vista, calado, pálpebras contraídas:

— E o porteiro ainda é o velho Nuno?

— Hoje é um filho dele. Muito fino, muito atencioso, como o pai.

No elevador minúsculo, que apenas dava para duas pessoas e subia devagar, Jorge abriu a porta rangente, fez Madalena entrar, acomodou-se, fechou a porta, em silêncio, emocionado. Como não recordar, naquele momento, a noite longínqua em que subira com ela, pela primeira vez, naquele mesmo elevador? Agora, não saberia beijá-la como nessa noite. Mais alto que ela, via-lhe o chapeuzinho de palha, a ponta do nariz, o bustozinho cheio onde reluzia um broche de platina. E não se decidia sequer a lhe tocar o braço e o ombro, intimidado pelo próprio constrangimento. No entanto, tinham sido um do outro, durante tanto tempo, sem segredos, confiantemente...

No sétimo andar, assim que o elevador parou, Madalena passou à frente, reconhecendo, mais por hábito que por instinto, que, dali em diante, lhe cabia a iniciativa dos movimentos, já com a chave na ponta dos dedos, caminhou da porta de ferro batido ao fundo do corredor e onde se via um sinozinho de papelão com os votos de boas-festas.

Quando a porta se descerrou, Jorge teve a sensação perfeita de que retrocedia aos dias antigos que ali vivera. Tudo parecia intocado, como que posto à margem do lento fluir do tempo. A mesa redonda, com a sua toalha de crivo e o jarro azul com as flores de papel crepom. Na parede fronteira, o cuco de cedro, com a janelinha fechada e o pêndulo lançando. No chão, o mesmo tapete. Adiante, a cadeira austríaca. Um aparador de tampo de mármore, com a mesma fruteira e o mesmo cacho de uvas de ferro, entre três figos e duas maçãs. Dois pares de xícaras de porcelana inglesa pendiam dos ganchos de metal. Na parede, os quadros que tinham recebido como presentes de casamento — com os mesmos galgos perseguindo a caça e o mesmo chalé normando repetido nas águas de um lago. Tudo igual, sem uma alteração sequer, até mesmo no colorido das paredes, onde o velho papel pintado, protegido da luz direta que se alastrava na sala de visitas e no quarto de dormir, mantinha ainda o tom primitivo, com um cavalo baio, de cabeça pendida, rédeas soltas, a dessedentar-se nas bordas de um tanque.

— Entra — convidou Madalena, ao ver que Jorge não se movia da moldura da porta, os olhos crescidos para o passado.

E ele, dando um passo, a apoiar-se mais na bengala:

— Parece que foi ontem que saí daqui — comentou, enchendo devagar o peito largo, ao mesmo tempo que ouvia a porta ranger nos gonzos, fechada lentamente por Madalena.

No silêncio aconchegado, ouviu mais nítido o tique-taque do cuco e mais uma vez se voltou para dentro de si próprio, recolhidamente, enquanto Madalena desaparecia pela porta do quarto, como uma sombra que passa, e ali discretamente se fechou.

Sozinho, Jorge sentiu-se mais à vontade. E perguntou a si mesmo, o braço descansando no mármore do aparador, se não errara ao trocar a paz daquele canto, na companhia de Madalena, pela vida agitada que o levara dali.

— Cada um de nós segue o seu destino — consolou-se.

Moço, tinha se cansado daquela ordem, cada coisa no seu lugar. Ou havia cedido unicamente aos olhos pestanudos da Aglaia, menos belos na tela do cinema que em pessoa? Agora, de cabelos grisalhos, almejava paz em seu redor, a cadeira austríaca junto ao braseiro, o cachimbo, uma revista ou um livro, o velho cuco da parede cantando as horas.

Ah, como seria bom, depois de tanta emoção intensamente acumulada na memória, terminar ali, sossegadamente, a viagem da vida!

Novamente apoiou o corpo na bengala, deu outros passos, entrou na sala de estar com o mesmo olhar retrospectivo. Também ali tudo estava como dantes. A estante fechada, com os livros harmoniosamente perfilados, quase todos ingleses, principalmente poetas. A um canto, sobre um tamborete, a imensa corola do gramofone, à espera do disco e das voltas da manivela. A vitrina dos bibelôs, mais adiante, com a estatueta de Tanagra ao centro ensaiando o seu rodopio de bailarina. No outro canto, a secretária com a cadeira giratória, uma pena de ave espetada no tinteiro. Os pais de Madalena, a óleo, na parede ao fundo, quietos nas molduras doiradas, como que olhando a relva do parque que se descortinava, muito verde, através da vidraça das janelas.

E nisso Jorge sombreou o olhar, franziu a testa. À sua esquerda havia surgido uma mesa de jogo com um tabuleiro de xadrez. Madalena não gostava de jogar, dizia mesmo que o jogo lhe dava sono... Como explicar agora aquele tabuleiro estranho, com os seus cavalos em pé, as suas torres, os seus reis, as suas rainhas e os seus peões, disposto para o movimento de uma partida?

Sem esforço, magoadamente, Jorge pôs um homem na cadeira junto à mesa, defronte do tabuleiro, olhando interminavelmente as peças, na calada meditação de cada lance, e pôde ver também, com igual melancolia e coração apertado, a figura calma e feliz de Madalena, sob a luz do abajur de pé, na poltrona ao lado da estante, distraída na leitura.

Depois, ainda sofrendo, buscou no resto da sala outros vestígios do jogador importuno.

— Com certeza — concluiu, pesaroso — ela casou mesmo com o colega do instituto.

Andou até a janela, procurou espairecer a mágoa na verdura do parque, quase não reparou que a luz da tarde ensombrecia, as primeiras estrelas faiscavam por cima das árvores esgalhadas.

Ouviu nesse momento a voz de Madalena, à entrada da sala:

— Fique à vontade, agora vou preparar o chá.

Ele deu as costas ao parque, olhou-a de frente, dizendo que sim com a cabeça. Viu que ela trocara o vestido, trazia agora um avental, um toque novo nos cabelos. Parecia mais moça com o penteado para cima, os braços nus até a altura dos cotovelos, um sinal azulado quase ao meio do queixo.

Num relance os seus olhares se encontraram, ele lhe sorriu de modo triste, ela também sorriu, ambos em silêncio, como embaraçados. E enquanto ele mergulhava a mão no bolso do paletó em busca do cachimbo, ela desviou a vista, caminhou para a cozinha.

Novamente só, Jorge tardou a pôr o fumo no cachimbo, o corpo apoiado no descanso da janela. Quando chupou a primeira fumaça, tornou à sala de jantar, pesadamente, vagarosamente.

Madalena havia acendido as lâmpadas do lustre, e a mesa já estava posta, com as duas xícaras, açucareiro de prata, a manteigueira, o vidro de geleia, os descansos de porcelana, os guardanapos de linho.

Antes de sentar na cadeira austríaca, Jorge olhou na direção do quarto, hesitando se iria até lá. Por fim, decidindo-se, deu impulso ao corpo, aceitou o que viesse, na verdade não tinha contas a pedir a Madalena, pois fora ele que a deixara, sem ao menos se despedir.

Viu primeiro a cama grande no quarto espaçoso, entre as duas janelas sobre o parque, a colcha vermelha caindo para os lados, quase a arrastar no tapete. Na parede, acima do espelho da cabeceira, a Virgem com o Menino, numa velha gravura já meio desbotada. A cômoda de pau preto, com severos argolões doirados, servia de pedestal a uma imagem de Sant'Ana que a redoma de vidro protegia.

— Tudo como no meu tempo — reconheceu Jorge, já dentro do quarto, ao lado do guarda-roupa.

Mas logo retrocedeu, quando baixou o olhar para o tapete do chão ao pé da cama e viu, de um lado, as sandálias de Madalena, peito azul debruado de branco, e do outro um velho par de chinelos de homem, já bem usados, apenas com o brilho que lhe dera a flanela da limpeza diária.

— São dele — afirmou Jorge, amparando-se na bengala, convencido agora de que, a qualquer momento, iria defrontar-se com o marido de Madalena.

E veio-lhe, num impulso, a vontade veemente de ir embora. Era demais ali. Podia sair, não fazia falta. Por um instante, impelido pela curiosidade dolorosa de quem busca mais uma prova para o seu desapontamento, quis abeirar-se da cama e erguer os travesseiros, certo de que ia encontrar, debaixo de um e de outro, uma camisola de dormir e um pijama, cuidadosamente dobrados sobre o damasco da colcha, à espera da intimidade conjugal que as sombras da noite favorecem — mas coibiu-se a tempo, travando mais as sobrancelhas, e foi saindo arrastadamente, de cabeça baixa, o cachimbo apagado na concha da mão.

Na sala de jantar, ao passar rente à cadeira austríaca, a meio caminho da porta do apartamento, ouviu o cuco dar as horas. Parou, levantou o olhar, viu o passarinho debruçado na janelinha aberta, esperou que seu canto terminasse: glu-glu, glu-glu, por entre as notas de um minuto. E ao fim do canto deu por si sentado na cadeira, a aspirar o cheiro forte do pão tostado que vinha agora da cozinha, de mistura com o chiar do queijo derretido.

Aos poucos, com a bengala em cima dos joelhos, deixou-se impregnar, olhando a sala, pela poesia de seu passado, descobriu a um canto o pinheirinho perfilado ao fundo do presépio de louça, e entrou a balançar-se na cadeira, como outrora.

— Fiz as torradas como você gosta — veio dizendo Madalena, com a travessa de prata nas mãos, ao sair da cozinha.

O calor do fogão tornara mais rosado o seu rosto, dera mais luz aos seus olhos. E ela sorria feliz, no contentamento de ser gentil. Deixou a travessa sobre a mesa, tornou depressa à cozinha.

— Aproxime-se, ocupe o seu lugar — disse ela ao sair, indicando a Jorge uma das cadeiras da mesa. — Era aí que você sentava.

E ele ia sentando, já com o guardanapo nas mãos, quando Madalena voltou com o bule fumegante:

— Você vai tomar um chá de Hong Kong que é uma verdadeira delícia — avisou, deixando o bule no descanso de porcelana. — De vez em quando meus alunos me fazem uma surpresa. A última foi este chá.

Antes de sentar em frente a Jorge, tirou o avental, reinstalou-se na sua condição de dona da casa, deu um toque nos cabelos, corrigiu a gola do vestido. Ao sentar, uniu as mãos à borda da mesa, baixou as pálpebras, moveu de leve os lábios num sussurro de prece. Depois tornou a sorrir, desdobrou o guardanapo, procurou conduzir a conversa, enquanto punha no fundo da xícara uma rodela de limão:

— Você está aqui de visita ou veio para ficar? — indagou.

E continuou a servir-lhe o chá, com método, solicitamente, ao mesmo tempo que lhe recolhia as palavras ora grave, ora risonha, sem deixar sentir que, por baixo do corpete muito justo, seu coração palpitava mais depressa, sobretudo quando ouviu Jorge dizer que pretendia ficar.

— E você, que é que tem feito? — interrogou Jorge, querendo ouvi-la também.

— Ensino, leio, viajo — respondeu Madalena, com a torrada diante da boca, entristecendo o olhar.

E ele, após um silêncio, relanceando a vista pela sala:

— Eu me admiro como é que você conservou tudo isto como no nosso tempo. Igual. Igualzinho. Nada mudou.

86

Ela sorveu um gole de chá, ele tirou da travessa outra torrada, pôs-se a mastigá-la.

No silêncio longo, ouviu-se, mais forte, o tique-taque do cuco, acompanhado pelos estalidos secos do aquecedor elétrico no vão da lareira.

E Madalena:

— Sempre gostei de conservar o que é meu. Para que mudar, se me sinto bem? Sempre fui assim. Desde menina. Outro dia, arrumando os papéis de uma arca, imagine só o que foi que encontrei! Meu primeiro livro de estudos e vários cadernos de meus deveres escolares! Fiquei tão emocionada que chorei.

Sorveu outro gole do chá, sorriu, suspirou.

— Quando mamãe morreu — prosseguiu, no mesmo tom pausado — quase briguei com o meu irmão para ficar com o tabuleiro de xadrez que foi de papai. A muito custo, consegui trazê-lo comigo. Se você souber por que, vai achar graça. Pode rir, se quiser. Ouça. Quando eu era menina, papai me sentava nos joelhos e me contava histórias com as pedras do seu jogo de xadrez.

Riu, enxugou os lábios na ponta do guardanapo, fez menção de empunhar o bule para servir mais uma chávena a Jorge.

— Não, obrigado — agradeceu ele com a mão sobre a xícara.

E como a noite se havia fechado, começava lá fora, a pouco e pouco, a animação do Natal, com foguetes espaçados, repiques de sinos e a melodia da *Noite feliz* que as estações de rádio repetiam.

Jorge tornou à cadeira austríaca, Madalena desfez a mesa, novamente pôs ali, sobre a toalha de crivo, o jarro azul, com as flores de papel crepom. Em seguida, sentou numa cadeira de braços, cruzou as pernas, descansou as mãos no joelho, quase imobilizada, como na tela de um retrato.

Mais de uma vez, no correr da conversa distraída, Jorge esteve a ponto de perguntar-lhe pelo marido. Devia chegar a qualquer momento — pensou. Ou talvez estivesse fora, numa excursão com os alunos — admitiu. De qualquer forma, sentia-o presente, não apenas no par de chinelos ao pé da cama, mas ainda no ambiente à sua volta, denunciado por qualquer coisa sutil que não saberia definir ou explicar.

Às nove horas, advertido pelo cuco, tratou de levantar-se para ir embora e teve a sensação de que se erguia com dificuldade, como se estivesse a puxar as raízes de seu corpo, mergulhadas agora na palhinha da cadeira.

— Que é isso? — estranhou Madalena, ao vê-lo adiantar-lhe a mão para despedir-se.

— Vou indo.

— Por que não fica para ir comigo à Missa do Galo? — alvitrou ela, os olhos suplicantes à tona do rosto.

E ele, com as mãos no cabo da bengala:

— Não tenho esse direito...

— Por que não? — tornou Madalena, numa voz convicta.

— Hoje somos dois velhos, você com 68 anos, eu a caminho dos sessenta, só temos que dar satisfação a nós mesmos.

Jorge pareceu hesitar, ainda com as mãos no cabo da bengala, a cabeça baixa, os olhos no chão. E erguendo por fim o olhar:

— Quer saber o que é que me impede de ir com você?

— Diga.

Jorge segurou Madalena pelo braço, levou-a até a porta do quarto. E com a ponta da bengala, mostrou o par de chinelos:

— Aquilo.

— O par de chinelos? — indagou ela, com espanto.

— Sim — confirmou ele, numa voz severa, semblante fechado.

Madalena abriu o rosto, na explosão da risada, mas logo tentou reprimi-la, tocada pela emoção. E sorrindo, com as mãos nas mãos do companheiro:

— Os chinelos são seus, Jorge. E estão ali há 32 anos, esperando por você!

ANÍBAL MACHADO

Tati, a garota

A Ribeiro Couto

Vendo que era mesmo impossível, Tati desistiu de pegar o raio de sol estendido no chão. Os dedos feriam a terra inutilmente: o reflexo não tinha espessura.

Seu capricho agora era com a água. Queria ver se retirava ao menos um pedacinho do tanque, mas o líquido suspenso em suas mãos vira uma coisa diferente que se desmancha logo, cintilando entre os dedinhos. E na superfície do tanque não ficava a menor cicatriz!...

É a primeira vez que Tati brinca na água com intenção de agarrá-la, de lhe sentir o mistério. Fica tão absorta que os apelos "Anda, Tati! Larga isso, menina!", que vêm da janela, nem chegam a ser ouvidos.

Logo depois, começa a ventar. Mas, com o vento era diferente: Tati já sabia que ele nunca se deixa agarrar nem ver, embora viva sempre em toda parte dando demonstrações de sua presença. Esse vento!...

Antes de subir, joga água em si mesma, apressadamente, borrifando-se no rosto, no vestido, como mulher que se perfuma.

Chegando a noite, Manuela atira-se à cama, sem responder a algumas perguntas que lhe faz a filha, sempre intrigada com a água. Debaixo das cobertas, Tati ainda balbucia os últimos pedidos: um carrinho e um patinho igual ao que viu nas mãos de outra criança.

— Esse menino que tinha patinho, não sabe, mamãe? Comia cada bombom que só você vendo!... O papel era uma beleza! Aqui, eu acho que todo mundo come muita bala também...

— Dorme, Tati.

— Aqui é bom.

— Dorme...

O mar seria visto em toda a sua extensão se não fosse o arranha-céu. Os outros personagens da vida de Tati, as amiguinhas do subúrbio, de onde a mãe se mudara, baralharam-se-lhe naquele momento na memória. Uma porção de crianças sumindo-se na poeira, na neblina, dentro da noite... Quem mais necessitava do sono era a costureira. Exausta, só no dia seguinte trataria de pôr em ordem o aposento. O bairro era outra coisa agora, bem diferente de há seis anos, quando costurava para uma família rica, já grávida de Tati. O rapaz se casara e partira para a Europa. Para que pensar em coisas tristes?...

— Mamãe, esse barulho é mar, não é?

— É. Não tenhas medo, não. Dorme...

A mãe se enganou. Tati não estava com medo, estava era louca por que o dia amanhecesse depressa e ela pudesse correr até a praia, chegar bem perto das ondas. Enquanto a mãe dormia, Tati, ainda acordada no quarto escuro, sentia estar num lugar muito diferente, muito longe de tudo. Os trens do subúrbio não passavam ali. Ouvia-se tanto e tão perto o mar que, na escuridão, parecia que o quarto navegava...

Quando, na manhã seguinte, a menina abriu os olhos, uma faixa de sol cortava ao meio o corpo da costureira. Tati ficou esperando que ela acordasse. Em vez de despertá-la diretamente, começou a fazer barulho, como se fosse sem querer. As perguntas a fazer-lhe estavam se acumulando na sua impaciência. O corpo de Manuela dividia a cama em duas metades, como uma muralha branca. Tati imaginou que o outro lado seria o melhor; deu uma cambalhota e passou-se para o outro lado. Gostou e riu. Quis repetir o salto e transpôs novamente a colina de carne no vale da cintura — Ih! Essa mamãe não acorda.

Era grande sua mãe. Como ela começasse a despertar, Tati se alvoroçou, agarrou-se a seu rosto, aos beijos, cascateando frases e perguntas:

— Mamãe, você pode ter um filho patinho?... Eu já acordei, já fui até lá longe no fim do corredor... Essa casa é engraçada. Deixa eu ir ver o mar agora?

Logo depois, a figurinha da criança se perdia entre as pernas dos pescadores de arrastão.

O bairro tinha agora mais aquela garota. Pediam-lhe cachos de cabelo, mexiam com ela, davam-lhe restos de frutas na quitanda. Duas vezes, a mãe pensou que ela tivesse sido raptada. Os motoristas do "ponto" levavam-na como mascote. A costureira, a princípio, se assustava, depois se habituou.

— Olha, se foges para o meio do arrastão, os pescadores um dia te pisam e te botam no balaio, pensando que és peixe.

Tati está ouvindo com atenção. Ser jogada no balaio, de mistura com os peixes!

— E depois, mamãe?

— Depois... eles te vendem aos fregueses. — A garota, emocionada agora, sente-se vendida. Estava quase a chorar, imaginando o seu destino: cortada, frita ou cozida, explicou-lhe a mãe. — E servida, depois nalgum pastelão ou *mayonnaise*, você vai ver.

Os gritos de dois garotos na calçada interrompem-lhe a angústia. Tati desce depressa, aos trambolhões. Lá de baixo ainda faz uma pergunta:

— Não vou ser vendida, não! Não é mamãe?

Era a hora combinada para uma concentração de bonecas num lote vazio. Chegaram algumas crianças, timidamente, cada qual sobraçando uma boneca pavorosa. Tati, a mais despachada, as colocando de maneira que formassem uma grande família. As bonecas de pano, pretinhas, se misturavam no terreiro com as brancas, de louça, com as índias e mulatas de palha de milho. Uma menina, que se conservava longe, agarrando a sua, acabou aderindo. Mas a que ficou solitária, no sexto andar do apartamento, apenas olhava, cheia de inveja. Debaixo, as crianças gesticulavam para ela:

— Vem brincar também, boba! Vem!

A ama, quando a mamãe saíra a passeios à cidade, tivera ordem de não deixar. A garota estava louca de vontade. Um moleque que apreciava a festa de longe, gargalha:

— Olha aquele lá, sem cabeça! Que gozado!...

Era o Gerê, guilhotinado o ano passado numa janela. Esse boneco não devia figurar no meio dos outros. Mas Tati votava-lhe estima particular. Sujo, desventrado, arrastado pelos cachorros, tantas vezes encharcado pela chuva e salvo da lata de lixo, Gerê vinha tendo quase a mesma idade e era o companheiro inseparável de Tati.

— Espera aí, que vou buscar a cabeça dele! — disse Tati, correndo.

Não achou a cabeça. Na janela do apartamento, a menina solitária exibia uma boneca maravilhosa, que seria a rainha no meio das outras, se descesse. Tão imóvel parecia a menina da janela e bem-vestida, que não se distinguia bem qual das duas era a boneca. Tati, ao voltar, explicou que Gerê era assim mesmo: de vez em quando, caía-lhe a cabeça; as pernas, as tripas, já foram mudadas.

— Vocês não estão vendo este braço aqui? Pois foi mamãe que botou. Mamãe vai dar agora um bebê de verdade. Quando papai chegar, ele vai colar a cabeça.

— Você tem pai?

— Tenho, uai! Tenho até muitos...

As crianças se riram. Tati ficou desconcertada.

— A gente tem um pai só, boba! — explicou uma lourinha.

Tati ficou imaginando que ter mais de um, ter muitos, era até mais vantajoso. Mas as crianças continuaram a rir. Então, pensou Tati, com certeza era porque só se podia ter um pai... e o dela, nesse caso, devia ser... quem? O seu Vicente, com certeza, que a levou a Niterói tantas vezes, que lhe compra brinquedos, que a acompanha à Feira de Amostras — o melhor que já se viu no mundo...

Mas ficou na dúvida. Parecia-lhe que a mãe lhe havia dito, há muito tempo, que o pai tinha viajado — viajado ou morrido, não se lembrava bem. Outros pareciam "pai", mas desapareceram logo, Tati se esqueceu deles. Um, com quem simpatizara, que passeara com ela num domingo, já era pai de outra menina, estava ocupado... Precisava, entretanto, arranjar pai, cada amiguinha tinha o seu, que era visto todo dia saindo cedo e voltando com embrulhos, com certeza de bombons. Ficaria então sendo o seu Vicente mesmo, nome que lhe acudira assim de momento.

— Eu acho que meu pai é o seu Vicente... — disse sem convicção.

As crianças sorriram.

— Então você não sabe quem é seu pai?... Que é isso?...

Apertada pelas perguntas, Tati achou melhor correr para casa. Sua mãe é que devia saber tudo. Ao passar debaixo do arranha-céu, recolheu, maravilhada, uma caixa vazia de bombons atirada lá de cima. Pediu à mãe os esclarecimentos. Não compreendeu nada, mas deu-se por satisfeita.

— ...Enfim, teu pai, não sei se voltará — disse-lhe Manuela. — Também para que ter pai?

— As outras usam, mamãe...

— Tua boneca tem pai, tem? Então!?

Tati deixou cair uma cortina sobre esse mistério. Mas devia ser aquilo mesmo: boneca não precisa ter pai... Tinha mãe, que era ela, Tati.

À porta uma garotinha sobraçava Gerê e Carolina, os dois bonecos que ficaram esquecidos nos brinquedos. Carolina apresentava uma inchação no braço:

— Acho que foi escorpião que mordeu ela, lá no mato, mamãe!... Eu posso ir na praia? Quando neném nascer, eu levo ele lá para brincar comigo. Você deixa, não deixa, mamãe? Carolina também vai.

Uma hora depois Tati voltava em pranto, toda suja de areia, indignada com um avião que passou baixinho por ela, quase lhe levando a cabeça.

— Garanto que foi de propósito, mamãe. Garanto... Eu xinguei ele e ele voltou com mais raiva ainda...

Contou então que ela e a pretinha, quando perceberam o avião voltando, se haviam deitado na areia; pois não é que o bicho ainda esvoaçou mais baixo, mesmo em cima delas, como um gavião enorme!... — Uma coisa medonha, mamãe!

Horas monótonas, depois que todas as amiguinhas seguiram para a escola. Que fazer? Ninguém quer brincar. Não há ninguém para brincar. A filha do tintureiro não se mexe, quase nem fala. É com a pretinha Zuli que Tati se arranja. Já plantaram feijão e milho na areia. Feijão e milho de verdade. Tati deseja também ir para a escola, carregando a maleta cheia de objetos. Aliás, a escola tinha menos importância, o principal era a maleta com os objetos. Fica horas rabiscando à porta de entrada, aprendendo sozinha. Começa a conceber uma carta para o bebê que ia nascer. Queria dizer-lhe que viesse depressa, o novo bairro era uma maravilha, o mar pertinho mesmo. Às vezes, à sua maneira, cantava o "Ouviram do Ipiranga" e se imaginava na escola.

— Vai chamar a mamãe — disse-lhe uma freguesa ao chegar à porta.

— Não posso.

— Uai! Você é tão boazinha! Vai.

— Você não vê que estou trabalhando!

Ficou séria. Depois de algum tempo, levantou para a desconhecida o papel:

— Vê se saiu algum negócio aí. — A mulher finge ler alto qualquer coisa na folha rabiscada. Tati se levanta, exclama exaltada: — Pois é isso mesmo que eu tinha escrito!

E, logo depois, subiu ao primeiro andar:

— Mamãe, eu aprendi sozinha a escrever. Sabe como é que a gente faz? A gente esfrega bem o lápis no papel, esfrega bem e pronto! Sai logo uma coisa; lê isso aqui.

A mãe sorri, olhando para o papel. Depois pergunta:

— E esses rabiscos?

— Isso é o Brasil... — A menina tomou-lhe de novo a folha e, deitada no chão, continuou rabiscando. — Mamãe, acho que tem uma moça chamando você lá embaixo...

— Por que não me disse logo?

— Me esqueci.

Tati só deixava de ser alegre quando dormindo. Mesmo assim, se tocassem nela, a garota sorria. E amanhecia sempre rindo, como o sol. Quando perguntavam por ela, a mãe respondia:

— Sei lá! Anda por aí, pulando...

As pessoas da vizinhança assustavam Manuela: "A senhora ainda perde sua filha. Esses choferes não têm entranhas, os caminhões são malucos!" Que podia ela fazer? Não tinha quem tomasse conta da filha. Prendê-la, impossível...

Brincava sempre na calçada do lado esquerdo do arranha-céu. O lado milagroso. Era de lá que caíam os objetos. Depois que descobriu esse segredo, a menina passava horas ali, na expectativa. Constantemente entravam embrulhos no edifício. Tati imaginava que lá dentro se passava muito bem. Uma espécie de paraíso. De vez em quando descia uma nuvem de papéis multicores que ela apanhava depressa, maravilhada. Sempre do lado esquerdo. Uma mulher loura, que devia ser uma fada, tinha mania de jogar fora objetos de pouco uso. De propósito já atirara aos pés de Tati uma bonequinha e um vidro vazio de perfume. Certa vez, a garota entrou na casa com um porta-seios amarrado à cintura. Tinha-o encontrado no capinzal do outro lado do arranha-céu. Achou esquisito que aquilo houvesse chamado a atenção de todo mundo. De outra feita, apareceu com uma seringa de borracha, mas sua mãe lhe arrebatou imediatamente das mãos o estranho objeto. Tati ficou sem compreender. Sua mãe era formidável, mas fazia muita bobagem. Que é que tem seringa?...

Já há muito não cai nada do lado esquerdo. Com certeza a fada se mudou. Enquanto espera o vulto de cabeleira loura, joga amarelinha com a preta. Avista o Pão de Açúcar e diz, pulando na corda:

— Eu vou lá um dia. — Olhando para o sétimo andar: — O arranha-céu hoje está ruim. Quando eu subir o Pão de Açúcar, vou jogar pedras nos navios que passam embaixo; tem um homem que largou mamãe e que foi embora num navio...

Não caía mesmo nenhum brinquedo do arranha-céu. O calção de Tati secava-lhe no corpo e do mar ventava frio.

No dia seguinte, voltou na esperança de encontrar ainda alguma coisa. Mas não podia olhar para cima, para o apartamento da fada, que a cabeça lhe doía.

Uma vizinha gritou para Manuela que viesse depressa carregar a criança. Se não queria vê-la morta!... A portuguesa da quitanda tapava a cara para não presenciar o esmagamento.

— Parece até criança enjeitada...

Mas os motoristas faziam a curva com agilidade, os pneumáticos cantando, e Tati continuava dormindo no asfalto, quase no meio da rua. Manuela desceu, arrecadou a filha. A menina estava febril, respirava mal. Mudaram-lhe a roupinha, limparam-lhe a cara.

Dessa vez, não achou sabor no passeio de ônibus. Mal teve tempo de agarrar Carolina no tumulto da saída. Foi levada num turbilhão para a cidade. Apearam-na, meteram-na num elevador, tudo num turbilhão. Num turbilhão foi embrulhada no lençol, deram-lhe injeções, arrancaram-lhe as amígdalas. Dias depois, mal pôde recordar-se do que lhe sucedera. Só se lembrava dos dois brutos de avental que a agarraram, do sangue que saía pela boca e molhava a bacia. Não compreendia como é que sua mãe, tão poderosa e tão boa, houvesse consentido em tamanha estupidez. Ficou ressentida durante dias, soluçando às vezes; mas, com os sorvetes sucessivos que a mãe lhe dava, convenceu-se de que ela continuava a ser a mesma. Narrava com orgulho a outras crianças a proeza em que estivera metida.

— Você agora não saia de perto de mim, ouviu?

Tati aceitou. Com a condição de ganhar mais sorvetes. Seu lugar ficou sendo a janela. Passava horas quietinha lá em cima, espiando a vida. Que graça tinha aquilo? Domingo pau! Viu uma onda enorme crescendo para se arrebentar na praia.

— Mamãe, chegou agora uma onda do tamanho do arranha-céu. Eu pensei que ela fosse levar a nossa casa... — Continuou espiando. Não acontecia nada, não passava ninguém. De repente, observou: — Mamãe, subiu um homem de preto!...

A costureira nada respondia, mais atenta ao rumor íntimo de seus pensamentos do que ao barulho da máquina e à voz da filha. O tempo passava. O tédio pesava. Até o mar parecia dormir. Tati também quase dormia no parapeito. De novo a voz dela:

— Mamãe, mamãe! Desceu outro homem de preto... — Fez uma pausa. — Isso é engraçado, não é?

Manuela, com o pensamento longe. A máquina parou o movimento. A costureira agora se assusta, porque os gritos que vêm da janela são fortes:

— Mamãe, mamãe!...

— Que é, minha filha? Que foi?... — Manuela receava que a menina estivesse a precipitar-se. Entrou atemorizada no aposento.

— Mamãe — perguntou-lhe Tati, baixando a voz —, quando é que eu vou ficar grande?...

Da janela, apontando para os horizontes do mar, pedia explicações:

— Pra lá, o que é que tem?

— É o mar ainda.

— E depois?

— Depois, é a África.

— E pra lá?

— Pra lá é a Tijuca.

— Não! Eu pergunto: pra lááá, o que é que tem?

— Ah! Minha filhinha, não sei não, sua mãe tem mais o que fazer.

— E pra lá? — insistiu ainda, virando-se para o outro lado.

— É o resto do Brasil. Depois é a América do Norte.

Com ar de interpelação:

— E o mundo mesmo, onde é que fica?

— Uai, bobinha, o mundo é isto tudo!...

O que Tati quereria fazer se não estivesse presa era abrir um túnel na areia, brincar de casinha e depois subir o elevador do arranha-céu para ver melhor o mundo que Manuela lhe vinha explicando. Mas sua mãe estava ruim aquele dia, proibiu tudo e agora jogou-a na cama. Sem ação, sem sono, começa a imaginar e faz perguntas:

— Mamãe, filho de elefante já sai daquele tamanho? Por que é que bicho não fala, hein?... Você não sabe o Zequinha? Ele é moleque mesmo... Outro dia ele quis suspender a minha saia, eu dei um soco nele. Eu também tenho muque, não tenho mamãe? Quem tem mais muque que eu sei é o seu Vicente, mas o muque do Popeye ainda é muito maior... O muque de Deus então nem se fala, não é, mamãe?...

Era o defeito de sua mãe, refletia Tati: quase não conversa. Quando conversa é com gente grande, sobre costura e doenças, só bobagens. Saltou no colo dela. Era quente esse colo.

Tati esperava amanhecer para se dirigir ao mar. O mar estava sempre em seu pensamento, diante do olhar ou nos ouvidos. Louca por ele. Respeitava-o como à sua mãe.

Ambos eram até parecidos, não sabia bem por quê. Grandes, poderosos e macios, podendo enraivecer de repente, podendo matá-la se quisessem. Misteriosa, sua mãe era também: mas perto dela, como agora, Tati se sentia abrigada, ao passo que o mar era terrível, oh! terrível...

— Não brinca muito longe de casa — recomendou-lhe Manuela, quando o sol do dia seguinte clareou a praia.

A criança respondeu que tinha pensado num brinquedo muito bom para não ir longe — o de horta. Num canto do terreiro abriu com a pretinha uns buraquinhos, atirou dentro grãos de milho e feijão. Uma empregada da lavanderia disse que pegava. Os dias iam passando.

— Quando você for na cidade você me leva, mamãe?

Delícia era ver as vitrinas. A princípio Tati queria possuir tudo que aparecia nelas. Custara a compreender como é que as pessoas não furtavam aquelas maravilhas. Agarrada ao dedo de sua mãe, ia ouvindo as razões por que não se podia fazer isso. A explicação não a convence, tanto mais que outros mostruários belíssimos de frutos, brinquedos e objetos bonitos vão sucessivamente se oferecendo e provocando.

— Eu acho que neste mundo tem tudo, não é, mamãe?

Impressionada com uma vitrina de queijos, pergunta qual a árvore que dava aquilo. Alguns manequins, parecendo gente de verdade, a irritavam; tinha vontade de atirar pedras neles. A mãe se demora nas compras, a garota aproveita as quadras do passeio para jogar amarelinha. Indiferente aos empurrões, vai sendo arrastada para longe, pela onda de transeuntes apressados. Meu Deus, em que casa mesmo entrou sua mãe? Tati já está longe, mais absorta no jogo do que amedrontada. Mas sua mãe está demorando. De que porta sairá Manuela? Sente-se perdida, angustiada, a querer gritar pela salvadora, quando uma mão aflita a agarra e lhe dá um beliscão. Viera assustada sua mãe. A garotinha chora. E como pede entre lágrimas um automovelzinho, a mãe não sabe se está chorando pelo beliscão ou pela falta do brinquedo. A costureira consulta a bolsa. O dinheiro não dá. À porta de uma casa de pássaros, Manuela não tem forças para arrancar a filha do êxtase que a deixara ali boquiaberta. Os canários cantavam e saltavam.

Tati foi logo escolhendo com avidez:

— Eu quero aquele, mamãe; aquele que está mais maduro...

E os peixinhos no aquário agora!

— Ai! Que coisa mais linda do mundo você um dia me dá aquilo, mamãe?

Tati quase perde a respiração diante do aquário.

Mais adiante, à entrada da Policlínica, lembra-se de dizer que está sentindo o "cheiro do dr. Almeida", que a operou.

Aqui, seus olhos se levantam com terror para o rosto de Manuela. Estaria sendo conduzida para algum novo sacrifício? Ficou caladinha, sua mamãe prosseguiu, entrou em outras casas, cumprimentou gente, discutiu preços. O perigo passou... Tati respirou. Sua mamãe sempre desembaraçada e corajosa, os homens a olharem para ela e ela firme, sem se perder na floresta da cidade!

Era mesmo formidável sua mãe! Tati a admirava. As meninas do bairro, às vezes, apostavam quem tinha mãe mais importante, mais bonita. Foi quando estacionara na calçada uma senhora trajada com luxo, que uma das garotas gritou orgulhosa:

— Aquela ali é que é a minha mãe, olha lá!

A mulher impressionava pela riqueza da *toilette*. As outras meninas olhavam com respeito. Tati ficou a contemplá-la, meio triste. De repente, abriu um sorriso, deu um grito:

— Mas quem fez o vestido dela foi mamãe, taí.

— Foi nada! É prosa sua!

— Foi sim! Qué vê? — Atravessou a avenida e fez a pergunta: — Não foi a mamãe que fez o seu vestido, moça?

A senhora se atrapalhava com a bolsa, o *lorgnon* e as luvas.

— Não foi a mamãe que fez, moça?

Um ônibus foi parando, a senhora embarcou depressa, um tanto perturbada. Tati ainda exclamou atrás do veículo:

— Foi mamãe sim, foi mamãe!

Como a discussão terminasse em briga, Manuela prendeu a garota. Estranhou que ela ficasse quieta tanto tempo e foi ver. Tati se achava diante do espelho, colocando grampos nos cabelos, em atitude de grande dama pondo-se *rouge* e fazendo ademanes de estilo. Manuela se ri. Tati, despertando de seu sonho, recebeu um susto, começou a chorar. Chorou bastante... É manha. A vida estava ficando monótona. As bonecas estão quebradas, as amiguinhas não aparecem. Será fome? Não. É sono.

Tati dorme. Desperta algumas horas depois, a ouvir uma conversa esquisita entre sua mãe e outra mulher. Faz uma pergunta, Manuela responde que mais tarde, quando ela for grande, explicará tudo.

Já era enorme a quantidade de coisas que Tati iria saber quando ficasse grande.

As amas impeliam os bebês nos carrinhos, à hora matinal. Tati chegava perto para acarinhá-los, mas era repelida por causa das mãos sujas. Então ia brincar com as ondas. De repente, a praia começou a ficar vazia de crianças. Os carrinhos atravessavam a rua e se recolhiam precipitadamente. Algumas amas que costuravam nos bancos ao lado dos bebês levantavam-se e fugiam. Depois, outras; e, assim, todas se foram. Alguém viera anunciar que Febrônio, o "monstro", havia fugido da prisão e passeava ali pelas imediações. A notícia ainda assustou mais devido ao céu que escureceu subitamente e ao vento que começava a encapelar o mar. As vidraças batiam, fechando-se. O monstro já devia estar presente por ali, a pegar crianças.

É mês de agosto
O vento sopra
Lá vem Febrônio
Corre, gente!...
Fechem as janelas
Que lá vem Febrônio
Lá vem que nem um maluco
Todo barbado
Na frente da ventania
Corre, gente!...

Tati ficou sozinha, pensando que fosse alguma coisa que viesse do mar. Quem pode saber tudo o que vem do mar? Todas as crianças se foram, ela se sentia abandonada, querendo soluçar. Até as ondas pareciam correr atrás, expulsando-a das águas. Uma criada explicou-lhe:

— Febrônio está solto, menina! Depressa pra casa!

— Que é, minha filha? — perguntou Manuela, ao vê-la chegar pálida de terror.

— Febrônio, mamãe, Febrônio!... Diz que fugiu... Ele é o papão!... Deixa eu ficar no seu colo? Um tiquinho só...

Manuela carregou-a ao colo, mas quase não podia mais, porque o "outro" não deixava lugar.

Um dia, sem que Tati pedisse, todos insistiram para que fosse brincar. Quando voltou, uma senhora que ela mal conhecia dera-lhe merenda com recomendação de que continuasse a brincar. Sempre brincou, ora essa! Por que é que aquele dia todo mundo estava fazendo questão?

Era o irmão que ia nascer. Ao perceber o que se tratava, assumiu aspecto grave, não quis muita conversa com as companheiras. Enfim, chegara o dia! No matinho do terreno baldio ficou colhendo umas flores para o irmão, à espera do aviso. A cegonha estava demorando muito. Já tarde foram dizer-lhe que podia vir. Voltou correndo, a respiração cortada. No quarto se discutia a melhor maneira de dar a notícia.

— Eu acho que a senhora é quem devia explicar — disse uma velha dirigindo-se à parteira.

— Eu não. Não gosto de dar má notícia a ninguém.

— Olha, decidam depressa, que a menina já vem subindo.

— Eu não digo.

— Nem eu.

— Eu acho que a senhora, como tia, é quem devia contar.

Manuela murmurou com a voz sumida:

— Mas é preciso dizer com muito jeito.

Os passos iam crescendo.

— Ih, ela vem vindo!... Já está subindo as escadas!...

— Como é que há de ser, gente?... Ela vem reclamar o irmão. Como vai ser?...

Os passos de Tati eram fortes. Subia com o ramalhete. Achou tudo diferente no quarto. Figuras estranhas, caladas e um desagradável cheiro de desinfetante, aquele "cheiro do dr. Almeida". Reparou bem no teto, nas janelas. Nenhuma abertura. Por onde teria passado a cegonha? Quando virou o rosto para o berço, as mulheres se entreolharam, comovidas. Foi primeiro pelo olhar que ela fez a interrogação muda. E, em seguida:

— Cadê neném?...

— Fala a senhora em primeiro lugar — insistia alguém, baixinho, com a parteira.

— Cadê neném?... — repetiu a menina, deixando cair as flores.

Manuela tapou o rosto com o lençol para não assistir à cena.

— Cadê neném! — reclamou ainda, com um crescendo soluçante na voz. A pergunta fora feita agora com a vista baixada sobre o berço vazio. Uma senhora levou-a ao canto para explicar:

— Escuta, minha filha, não fica triste não. Papai do Céu levou neném, mas vai trazer outro, ouviu?

Para que foram dizer! Tati caiu no pranto. Esbravejou, sacudiu-se no chão onde se espalharam as flores. Xingou Papai do Céu, não admitiu que ninguém a tocasse.

As mulheres se limitaram a emudecer presenciando o desespero de Tati. Após alguns momentos, levantou-se grave, a fisionomia desfeita, e se dirigiu à mãe. Sua mãe é quem devia responder.

— Cadê neném, mamãe? Fala de verdade.

Manuela apenas beijou-a, sem dizer palavra.

A segunda fase do desespero de Tati foi em tom de manha e tinha a forma de uma reivindicação:

— Eu quero neném! Eu quero neném! Eu quero neném!

De repente interrompeu o protesto. Encaminhou-se novamente para sua mãe e, solene, propôs uma solução:

— Você podia repetir o neném, mamãe.

— Posso, meu bem...

— Mas pode ser amanhã?

Antes de ela perceber o sorriso de Manuela, ouviu os gritos da pretinha Zuli, anunciando-lhe que as plantas tinham nascido, que viesse ver depressa o milho e o feijão. Desceu como louca as escadas. Viu que o feijão e o milho tinham nascido de verdade. Pegaram! Estavam vivos! Ficou contemplando as hastes tenras brotando da terra. E pulava de alegria.

Deu a mão à pretinha, e ambas dançaram em torno. Durante dias, Manuela já de pé, distraía-se a garota acompanhando o desenvolvimento dos vegetais. Entusiasmava-se;

saia à calçada, chamava os transeuntes para ver. Um inglês, que se encaminhava cedo para o serviço, deixou-se arrastar pela mãozinha dela e teve que entrar. A mãe disse:

— Esses homens não acham graça, minha filha. Eles são sempre muito ocupados...

E essa ventania agora? Manuela indo fechar as vidraças, encontrou Tati e a pretinha agachadas no terreiro.

— Suba depressa, menina!

— Deixa o vento passar primeiro, mamãe.

— Mas é por causa do vento mesmo.

— Você não está vendo que o vento quer quebrar o meu milho!...

Tati de cócoras, imóvel, segurava as hastes do milho com ambas as mãos. A pretinha se incumbia de proteger o feijão. O vento afinal passou, o milho estava salvo. Tati subiu com vontade de levá-lo consigo para que continuasse a crescer junto de sua cama, debaixo dos seus olhos.

A costureira teve que trabalhar dobrado para acudir às despesas do parto. As encomendas de vestidos para as festas do fim do ano faziam com que ela fosse mais procurada pela freguesia. Todas tinham pressa. Algumas levavam as filhas vestidas como bonecas. Tati ficava admirando, convidava-as a brincar, a ver o milho. Elas nada respondiam, permaneciam imóveis. Tati estava certa de que eram meio bobas.

Costurando ou debruçada sobre os figurinos, Manuela pouco se lembrava da filha, que lhe parecia algumas vezes um obstáculo e que era, agora, como se não existisse. Mas Tati ia vivendo a seu modo. O negócio do irmãozinho, tão esperado, e que não veio, ficou ainda meio obscuro na sua

112

ideia. Ah! Se estivesse brincando com ele! Mais outro mistério aquilo... não era tarde e o aposento entrou na penumbra. Tati se espanta.

— O quarto está murchando, mamãe.

A costureira acendeu as luzes, Tati achou engraçada aquela noite prematura. Como era fácil improvisar-se uma noite! Ficou um pouco agitada.

— Vamos brincar de dormir, mamãe? Só de pândega!...

Seria possível que sua mãe recusasse uma ocasião como aquela? Manuela nem responde. "Essa mamãe não gosta nunca de brincar com a gente."

Por que é que Tati está chorando agora, tão sentida? A culpa foi de Manuela, que soltou uma risada quando a filha lhe apresentou a boneca de barriga grande e lhe informou que "Carolina também estava esperando neném". Pois se estava esperando de verdade, pensou a garota, como é que sua mãe podia duvidar?

Tati não gostava se fizesse brincadeira com coisas sérias.

Após o parto e apesar das labutas excessivas, voltaram ao corpo de Manuela as formas e linhas habituais. Uma vontade maior de viver, de expandir-se. Dezembro vinha chegando, ia-se entrar num período diferente. O verão que se anunciava, as roupas estivais, o Natal, o *Réveillon*, as praias cheias, os primeiros sinais do carnaval próximo — tudo lhe transmitia uma exaltação que ninguém lhe notava no rosto calmo.

— Agora, minha filha, é hora de dormir.

Deitou a criança, cobriu-a. Fora, abria-se uma noite fria e bela, a primeira após a invernada. Manuela terminou algumas arrumações no apartamento e foi sentar-se junto à máquina de costura. Estava farta de costuras. Viu um barco de pesca atravessar a zona de luar e apagar-se na de sombra. Sua vontade era sair aquela noite de sábado, divertir-se um pouco.

Os namorados ressurgiram de novo na praia, depois da temporada de chuva. Parecia terem ficado escondidos na neblina, parados, esperando pelo tempo, até poderem continuar o eterno passeio.

Quando estaria a filha em idade de colégio? Manuela só teria alguma liberdade depois que a internasse. Mas a pequerrucha tem apenas seis anos. Criança é sempre um embaraço. Desfazer-se dela não seria difícil, se a entregasse à tia do subúrbio. Que fazia o pai? Abandonou a menina, nem mesmo chegou a conhecê-la.

A costureira pousou o olhar na cama de Tati e sacudiu a cabeça, afastando um pensamento sombrio. Não, isso não faria... A criança não tinha culpa, entregá-la à tia feroz seria maldade. Nem à tia nem ao juiz de menores.

Abriu a bolsa ao acaso, tirou um caderno de notas. Muitos nomes e endereços. Os homens!... Com a sua brutalidade, o seu egoísmo, a fúria de gozar as mulheres e passar para diante, deixando-as caídas no caminho.

Manuela era dessas muitas mulheres desiludidas do amor e que, entretanto, se guardam toda a vida para um homem desconhecido. Esperava sempre o amor, e os anos lhe iam chegando como comboios vazios. Tinham os seus grandes olhos uma luz indireta; luz que não ia buscar as coisas onde elas se achavam, como a dos holofotes; as coisas mesmas é que pareciam se vir banhar na claridade deles. Quando caminhava pelas ruas, os homens que acaso a fitavam deixavam-se ficar sob a difusão dessa claridade. Os que não lhe conheciam a voz imaginavam-lhe um timbre veludoso como correspondência à doçura desse olhar lento e absorvente de grande amorosa, pelo qual tudo o mais dela se acertava — o busto, o andar, as maneiras. O corpo era delicado até à cintura; daí para baixo, porém, e à medida que se aproximava do chão pelas pernas, ganhava força, era mais apto a receber as correntes que vinham da terra. A decepção com um homem não a tornara menos amorosa. Apenas se fechava mais, usava maior prudência antes de dedicar-se a alguém. Era enorme o amor disponível que trazia, mas secreto e cauteloso; não tão secreto, porém, que impedisse o transeunte sensível de pensar ao vê-la: ali vai uma mulher que parece transbordar de amor.

Aquela noite, enquanto Tati dormia, pensava em sair sem destino pela cidade. Valeria a pena aceitar algum convite? Ficou examinando as propostas, os endereços: *Capitão Xavier*... um belo tipo, pensou, mas com qualquer coisa de estúpido, de desagradável; é desses que só apaixonam as mulheres a distância, perto dão enjoo; grupo numeroso. *Dr. Bastos*... esse parece um homem fino, mas envaidecido de sua situação social, de sua clínica; no fundo, bem tolo e cheio de preconceitos. *Heitor*... atleta, rico... um tanto imbecil...

— Ó meu Deus — exclamou baixinho —, será que uma pobre mulher não encontra a quem confiar seu coração?... *Antônio*... — continuou, examinando os endereços. — Ah! esse sim; aqui está um que eu topava... Se dependesse de mim, ele nunca seria infeliz... Onde andará a essas horas? Que camaradão! Tão sincero, tão espontâneo... Era capaz de amá-lo... passear com ele por essa noite afora, até a madrugada.

— Mamãe, você gosta de mim?

Manuela se assustou. Nem se lembrava de que a filha existia. Que ideia de fazer-lhe Tati essa pergunta!

— Você não estava dormindo, minha filha?

— Mas você gosta de mim?

Sua mãe estava misteriosa aquela noite!

— Dorme, menina. Olha: Carolina já está sonhando.

— Mas gosta, não gosta?

Tati abraçou Carolina e continuou a fingir que dormia. Manuela começara a despir-se. Sua mãe era mais bela fora da roupa, notava agora. Mais bela que todas as freguesas que vinham provar vestidos. Sua mãe era divina...

Dela lhe vinha tudo. Quando tiritava de frio, saltava-lhe ao colo e era logo aquele calor! Pena que só gostasse de conversar com gente grande.

A menina, deslumbrada, prosseguia na inspeção do corpo que a gerou:

— Ah, é verdade, antigamente havia uma barriga enorme... Com certeza, foi Papai do Céu que levou também aquilo... Está aí, isso foi bom...

No dia de Natal a praça amanheceu vibrante de campainhas, atravessada por dezenas de bicicletas novas, luminosas. Nenhuma criança quis emprestar a sua a Tati.

Sentada no banco, olhando com inveja para as que se divertiam, estava indignada com Papai Noel que não lhe trouxera nada. Desde o ano passado guardara essa mágoa. O velho só botava brinquedo para as outras crianças. Resolveu queixar-se à sua mãe, levando pela mão a pretinha Zuli, que também não ganhou nada. Na praça, já se tinha acamaradado com outras que ficaram chupando dedo, de longe. Sua mãe, sendo tão poderosa, devia ter conseguido de Papai Noel alguma coisa. Uma freguesa prometera um brinquedo que nunca mais chegava. Mas o ideal de Tati, o que ela desejava mesmo, era uma bicicleta. Não a tendo obtido, retirou da gaveta Carolina e Gerê e arranjou-se com os dois. Manuela sentiu a solidão da filha. Amargurou-se ao vê-la brincar com Gerê, todo esfrangalhado, como sempre. Levou-a ao alto de Santa Teresa. Lá em cima, um português veio brincar com a menina, enquanto a mãe contemplava o oceano. Ao descerem do bonde, à noitinha, já a criança dormia no colo.

Na verdade, quem descia de bonde era só Manuela, porque a filha vinha descendo de bicicleta, uma linda e macia bicicleta, como não havia igual na praça. As outras crianças faziam ala para vê-la passar... E Tati passava fazendo vibrar as campainhas com orgulho, um pouco pálida, os cachos do cabelo esvoaçando... Sentia uma delícia enorme naquela corrida. O bondezinho chegou ao viaduto, a mãe teve que acordá-la para a baldeação próxima. Foi o único trecho que Tati viajou de bonde, dormindo logo em seguida para retornar à sua bicicleta macia e velocíssima. Zuli, a pretinha, viajava na garupa...

Decorreram mais alguns dias. A noite de São Silvestre estava quase... Nas ruas reinava alegria, tamanho o alvoroço da população às portas do Ano-Novo. Compras, abraços, encomendas, convites, pressa. Parecia certo que dessa vez a cidade inteira ia mesmo ficar feliz dentro de poucas horas. As freguesas de Manuela exigiam que ela terminasse depressa os vestidos à fantasia. A costureira trabalhava dobrado, ela mesma adiantando a compra dos aviamentos, escolhendo os figurinos.

Tati demorava-se muito no parapeito da janela vendo o mar, vendo a vida. No arranha-céu entravam centenas de embrulhos de encomendas. Que haveria dentro deles?, interrogava. Que vontade de abri-los para ver o que têm dentro!

Na calçada, nos ônibus, nos bondes, desfilavam os gigantes, gente que não brincava, ocupada sempre com qualquer coisa que Tati não compreendia e que era um mistério. As mulheres que passavam na praia pareciam-lhe divindades...

Algumas dessas divindades não costumavam pagar as contas. Manuela teve prejuízo. A dona da casa sabia disso. Entretanto, veio declarar à costureira que não podia esperar mais, o atraso já era grande:

— A senhora compreende, não é? Eu não quero desconfiar de ninguém... Longe de mim... Mas os impostos estão cada vez... A senhora sabe... Além disso, estamos no fim do ano, vem aí o *Réveillon*, as minhas filhas precisam se divertir, tudo são despesas... A vida está difícil.

Tati, chegando da praia no momento, interveio na conversa das duas mulheres:

— Fizemos uma montanha de areia, mamãe, que só você vendo...

— Espera, minha filha, deixa tua mãe conversar.

— ...E lá em cima pusemos, sabe quem? Carolina...

— Em todo caso — prosseguiu a proprietária —, ainda posso esperar uns três dias.

— Depois — continuava por sua vez Tati —, fizemos um buraco que eu acho que vai sair na Europa...

— Não atrapalha, menina! — gritou a costureira, afastando a filha. E virando-se para a proprietária: — Mas a senhora podia deixar que eu levasse ao menos a máquina para terminar algumas costuras.

— Só se deixar a vitrola, como garantia.

A proprietária ficou satisfeita, as filhas teriam vitrola para dançar. E Manuela deixou correr uma lágrima.

Como a receberia sua irmã, em Deodoro? Começou a arrumar as tralhas, não se esquecendo de embrulhar alguns mantimentos para os primeiros dias. Telefonou a algumas freguesas pedindo pagamento, mas ou elas não se achavam em casa ou não podiam pagar. Acabou vendendo, no dia seguinte, uma joia à mulher do térreo, para as despesas de carreto e passagem. A joia que Tati tinha pedido "quando ela morresse".

Terrível o estrépito de trens e veículos da noite, ressoando aos ouvidos da criança, relampagueando pela janela aos seus olhos. Tati sentiu que a cidade não acabava mais. Só sua mãe nunca se perdia naquela floresta.

Sempre formidável, sua mãe!... Mas tão silenciosa!... Aconchegou-se bem ao colo dela. Viu passar coisas estranhas pela vidraça. Anúncios luminosos, cinemas borbulhantes. Para onde estaria sendo levada dessa vez? Haverá criança no lugar aonde ia? Haverá mar? Que lhe estaria reservando sua mãe?

Tati inesperadamente teve a sensação paradisíaca de um lugar por onde passara, onde vivera entre delícias. Onde era esse lugar, não se lembrava bem... Mas havia estado lá, acordada ou dormindo... Quanto tempo? Não era nos subúrbios, não era também na praia. Parecia-lhe que foi há muitos anos. Talvez no fundo do mar, debaixo das águas... Antes de nascer.

Passaram Engenho Novo, Méier, Piedade, Encantado, Cascadura... Manuela silenciosa, humilhada, fazia conjeturas amargas. Nunca mais voltaria a Copacabana. Da primeira vez perdera lá a virgindade, agora já ia ficando a máquina de costura. As freguesas, àquela hora, já se estavam preparando para o *Réveillon*, muitas delas vestindo a fantasia que ela, Manuela, fizera com suas mãos, sem ter sido paga. E, agora, num carro de segunda classe, a caminho do subúrbio, lá se ia para a casa de uma irmã geniosa, a implorar-lhe favor, levando aquela criança, aquele trambolho!

A noite dos subúrbios apresentava aquela vez um aspecto diferente, meio pânico. Trens apinhados, correria, grupos gritando. Algum levante militar? Ou a busca da alegria, a corrida apressada para as festas?

Manuela está triste. Tati, irrequieta. A menina descobriu qualquer coisa ou alguém no banco do lado esquerdo. A todo momento se levanta, olha e ri.

— Toma modos, minha filha!

Mas a pequena não se corrige. A mãe impacienta-se, dá-lhe um beliscão. Seu pensamento estava muito longe da filha, estava mesmo contra ela. Tati começa a chorar. Menos pelo beliscão do que pela hostilidade tão estranha que começava a pressentir na fisionomia de sua mãe. Como se a sua maior amiga pensasse em abandoná-la naquele momento. Tati está mesmo magoada. O carro de segunda classe tem pouca luz.

— Você é ruim, mamãe...

— Você não tem nada que estar olhando assim para essa mulher — repreendeu Manuela.

Tati se explica então entre soluços:

— É a maminha dela, mamãe. A maminha dela nasceu no pescoço!...

— Fala baixo, que ela ouve. Aquilo não é maminha, minha filha, é papo...

— Como é então que a gente pode mamar ali?

Manuela ri-se. Que bola! Ri muito, abraça a filha. Criança! Sente-a pela primeira vez. Que animalzinho feliz, despreocupado — sua filha! Tão viva! Enchia uma casa, um bairro; poderá encher uma cidade inteira. Olhou demoradamente para ela, encarou-a bem, como se fosse pela primeira vez. Tinha cachos, a boca fresca, os olhos grandes. E era linda! Tati!

Ainda pode ser tudo na vida. Como é que não a descobrira antes? Só agora se rendia sem luta à filha que a vinha conquistando há tanto tempo, sem esforço. Pega de novo a rir. Esquece tudo. Nem sabe qual o subúrbio que passou pela janela. A menina não se espanta mais com o papo da velha. O que a espanta é o riso convulsivo de sua mãe. Está até com medo. Os passageiros pensam que a mulher enlouqueceu.

Manuela aperta a filha ao peito, beija-a muitas vezes, rindo, chorando... Caíram-lhe os embrulhos ao chão. Os cacarecos estão sendo sacolejados. Alguns legumes rolaram, saíram pela portinhola. Uma mulher vem entregar-lhe uns paninhos:

— Isso não é da senhora?

Manuela continua rindo, a olhar para a filha, a passar-lhe a mão pela cabeça.

— Eu adoro você, minha filha.

Vem se aproximando um estafeta do correio com um objeto na mão:

— Olha a sua caneca, minha senhora.

Manuela nem se lembra de agradecer. Estava se passando dentro dela um acontecimento enorme.

Outros objetos foram sendo entregues pelo pessoal da segunda classe. Sob a bota de um português, Carolina está sendo pisada. Boneca infeliz, Carolina... A bota não era brinquedo. Tati dá um grito, corre até lá, salva Carolina. Só agora, vencida pela filha, a mãe começa a achar-lhe graça nos menores movimentos. E cheia de felicidade, envolve-a de novo no abraço.

Quem vem chegando agora, na direção de Manuela, é um operário:

— Olha a sua batata, minha senhora.

Manuela agarrada com Tati, Tati com Carolina — dormiram as três, até que a locomotiva apitou para Deodoro.

A costureira desce com cuidado, sobraçando a filha, Carolina e os embrulhos. Era preciso que a criança não acordasse. Tomou um caminho escuro. O que ia dar à casa da irmã. Tati abre um pouco os olhos, espia a espessura da noite. Está com medo.

— Tem Febrônio, mamãe?...

E adormece de novo. Passava ao longe um grupo com estandarte. Mas o caminho que a costureira trilhava era deserto.

— Não vá arranjar outro filho por esses matos aí, moça! — gritou-lhe um soldado. — Agora é hora dos bailes...

A mulher caminhava sem sentir cansaço. Outro dichote injurioso bateu-lhe apenas no ouvido:

— Tão sozinha, meu bem!...

Não ia sozinha. Ia com Tati. A menina acordou de novo, ao som de uma canção que a mãe lhe cantava. As duas se entreolharam sorrindo. A primeira vez que Manuela sorri de fato para a filha. Ouviu-se uma zoeira enorme, ao longe, cortada de bombas e foguetes.

O ano virara. 1938.

Manuela galgou uma pequena colina. Chegou ao alpendre do bangalô da irmã. Tudo fechado e de luzes apagadas. No trinco da porta havia um escrito: "Fomos ao baile: pode bater que tem uma velha no fundo, tomando conta." Não bateu. A noite de céu alto estava clara. Relanceou a vista pelos longes. De todos os horizontes vinham rumores e reflexos de festa, como se houvesse naquele momento uma tentativa universal de esquecer guerras, perseguições e misérias. O armistício do Ano-Bom. Manuela se esquece também de tudo, as agruras passadas e as que ainda prometiam. Sai a caminhar pelas estradas. Uma vaga de esperança encheu seu coração. Tati está vendo o céu.

— Aqueles furinhos todos são estrelas, mamãe? Todos?...

Sobre a relva da campina, Manuela começa a dançar como louca:

— É o Ano-Novo, Tati, meu passarinho, meu tesouro... Precisamos também comemorar...

A costureira ergue Tati aos ombros. E, dentro da noite, comemora a entrada do Ano-Novo, empunhando sua filha. E continua a dançar, carregando-a ao ombro, como um cântaro cheio de vinho.

— Daquele lado ainda tem mais estrelas, mamãe. Olha lá...

A morte da porta-estandarte

Que adianta ao negro ficar olhando para as bandas do Mangue ou para os lados da Central?

Madureira é longe e a amada só pela madrugada entrará na praça, à frente do seu cordão.

O que o está torturando é a ideia de que a presença dela deixará a todos de cabeça virada, e será a hora culminante da noite.

Se o negro soubesse que luz sinistra estão destilando seus olhos e deixando escapar como as primeiras fumaças pelas frestas de uma casa onde o incêndio apenas começou!...

Todos percebem que ele está desassossegado, que uma paixão o está queimando por dentro. Mas só pelo olhar se pode ler na alma dele, porque, em tudo o mais, o preto se conserva misterioso, fechado em sua própria pele, como numa caixa de ébano.

Por que não se incorporou ao seu bloco? E por que não está dançando? Há pouco não passou uma morena que o puxou pelo braço, convidando-o? Era a rapariga do momento, devia tê-la seguido... Ah, negro, não deixes a alegria morrer... É a imagem da outra que não tira do pensamento, que não lhe deixa ver mais nada. Afinal, a outra não lhe pertence ainda, pertence ao seu cordão; não devia proibi-la de sair. Pois ela já não lhe dera todas as provas? Que tenha um pouco de paciência: aquele corpo já lhe foi prometido, será dele mais tarde...

Andar na praça assim, todos desconfiam... Quanto mais agora, que estão tocando o seu samba... Está sombrio, inquieto, sem ouvir a sua música, na obsessão de que a amada pode ser de outrem, se abraçar com outro... O negro não tem razão. Os navais não são mais fortes que ele, nem os estivadores... Nem há nenhum tão alinhado. E Rosinha gosta é dele, se reserva para ele. Será medo do vestido com que ela deve sair hoje, aquele vestido em que fica maravilhosa, "rainha da cabeça aos pés"? Sua agonia vem da certeza de que é impossível que alguém possa olhar para Rosinha sem se apaixonar. E nem de longe admite que ela queira repartir o amor.

O negro fica triste.

E está até amedrontado com as ameaças da noite, com essa praça Onze que cresce numa preamar louca.

A praça transbordava. Dos afluentes que vinham enchê-la, eram os do norte da cidade e os que vinham dos morros que traziam maior caudal de gente. O céu baixo absorvia as vozes dos cantos e o som em fusão de centenas de pandeiros, de cuícas gemendo e de tamborins metralhando. O negro, indiferente à alegria dos outros, estava com o coração batendo, à espera. Só depois que Rosinha chegasse, começaria o carnaval. O grito dos clarins lhe produz um estremecimento nos músculos e um estado de nostalgia vaga, de heroísmo sem aplicação. Ó praça Onze, ardente e tenebrosa, haverá ponto no Brasil em que, por esta noite sem fim, haja mais vida explodindo, mais movimento e tumulto humano, do que nesse aquário reboante e multicor em que as casas, as pontes, as árvores, os postes parecem tremer e dançar em conivência com as criaturas, e a convite de um deus obscuro que convocou a todos pela voz desse clarim de fim do mundo?...

A praça inteira está cantando, tremendo. O corpo de Rosinha não tardaria a boiar sobre ela como uma pétala. O povo dá passagem aos blocos que abrem esteiras na multidão, entre apertos e gritos.

— Isso não é assim à beça, Jerônimo! Cuidado com essa aí! É virgem...

Rompem novos cantos. Os Destemidos de Quintino, os Endiabrados de Ramos estão desfilando. Há correria do povo para ver. Os companheiros se separam, as filhas perdem-se das mães, as crianças se extraviam. Acima das vagas humanas os estandartes palpitam como velas. E é pela ondulação dessas flâmulas que os que não podem se aproximar deduzem os movimentos das porta-estandartes.

Não se vê o corpo delas, vê-se-lhes o ritmo dos passos no pano alto. Mas era como se fossem vistas de corpo inteiro, tão fiel a imagem delas na agitação das bandeiras.

— Oh, aquela lá, que colosso!... É pena não se poder vê-la; mas é mulata, te garanto...

— Ih, como deve estar dançando aquela do outro lado!... Dezoito anos com certeza... Coxas firmes... Meio maluca...

— A que está empurrando o estandarte que vem vindo aí é que deve ser do outro mundo. Preta com certeza... Veja só como a bandeira se agita, como a bandeira samba com ela...

— Pelo frenesi, a gente conhece logo.

Dezenas de estandartes pareciam falar, transmitiam mensagens ardentes, sacudiam-se, giravam, paravam, desfalecendo, reclinavam-se para beijar, fugiam...

— Imagino como estão tremelicando os seios daquela, lá longe; aquela diaba deve estar suando... Eta gostosura de raça!

— Cala a boca, Jerônimo... Você acaba apanhando...

Os cordões se entrecruzam, baralham-se os cantos. Vem crescendo agora um baticum medonho de tambores. Um bloco formidável se anuncia. O negro amoroso interpreta os sinais semafóricos do estandarte que está entrando pelo lado da praça da República. O negro fura a massa, coloca a sua figura enorme em situação de poder ficar bem perto. Apura o ouvido para saber se é o canto do seu cordão. A barulheira é grande. Algumas notas são o hino... Sente um arrepio. Ela virá com aquele vestido? Se entristece mais, à medida que a mulata se vem aproximando numa onda de glória, entre alas do povo.

Se quiser agora sair daquele lugar, já não poderá mais, se sente pregado ali. O gemido cavernoso de uma cuíca próxima ressoa-lhe fundo no coração.

— Cuíca de mau agouro, vai roncar no inferno... Será ela, meu Deus?...

O negro está tremendo. Mas não pode ser ela. Rosinha, quando aparece, ninguém resiste, é um alvoroço, uma admiração geral... Não vê que é assim. Até o ar fica diferente. E o estandarte que vem vindo é de veludo azul, tem a imagem de São Miguel entre estrelas e as insígnias do cordão. Ainda não é o bloco de Madureira. O preto se enganou. Sente-se desoprimido. Foi melhor assim. Pensa em ir embora, desistir de tudo. No dia seguinte, na oficina do Engenho de Dentro, se sentirá leve ouvindo o batido das bigornas e o farfalhar das polias. Se os companheiros perguntarem por que não apareceu, dirá que esteve doente, que foi ao enterro de algum parente, de uma tia, por exemplo. Está mesmo disposto a voltar para casa, que o tomem por decadente, se quiserem...

Se Rosinha desobedecer e vier à praça, não faz mal. Está também disposto a não se importar... Nem indagará se ela fez sucesso, se alguém mais se apaixonou por ela, se o Geraldo continuou com aquelas atenções, aquele safado. Amanhã, no trabalho, recomeçará a vida, será livre novamente. Rosinha que venha procurá-lo depois. Ele é homem e é forte. O que vale no homem é a vontade. Além disso, uma noite corre depressa. Enfiará a cabeça debaixo do travesseiro e a desgraça passará. Apelará para o sono. Já está até com vontade de dormir. Entretanto, não seria mal que caísse uma tempestade. Ao menos assim Rosinha deixaria de vir à frente do cordão... Oh!, como gostaria, como estava torcendo por um temporal que estragasse o vestido dela! Daqueles que inundam tudo, derrubam as casas, param os bondes e trazem uma desmoralização geral. No fundo está até com ódio do Carnaval...

Perto, estão tocando um samba de fazer dançar as pedras. Todos se mexem. Só quem está imóvel é ele, sob o peso de uma dor enorme. As mulatas passam rente, cheias de dengue; sorriem, dizem palavras. Hoje ele não topa. Se sente mesmo envergonhado de estar tão diferente. Nunca foi assim. No futebol, no trabalho, nas greves, nas festas, era sempre o mais animado. Foi de certo tempo para cá que uma coisa profunda e estranha começou a bulir e crescer dentro de seu peito, uma influência má que parecia nascer, que absurdo!, do corpo de Rosinha, como se ela tivesse alguma culpa. Rosinha não tem culpa. Que culpa tem sua namorada? — essa é que é a verdade.

E está sofrendo, o preto. Os felizes estão se divertindo. Era preferível ser como os outros, qualquer dos outros a quem a morena poderá pertencer ainda, do que ser alguém como ele, de quem ela pode escapar. Uma rapariga como Rosinha, a felicidade de tê-la, por maior que seja, não é tão grande como o medo de perdê-la. O negro suspira e sente uma raiva surda do Geraldão, o safado. Era esse, pelos seus cálculos, quem estaria mais próximo de arrebatar-lhe a noiva. O outro era o Armandinho, mas esse era direito; seu amigo, de fato, incapaz de traí-lo. Sentiu um reconhecimento inexplicável pelo Armandinho.

Suas pernas o vão levando agora sem direção. Não se acha a caminho de casa, nem se sente completamente na praça. Alguns trechos de sambas e marchas lhe chegam aos ouvidos, pousam-lhe na alma:

O nosso amor
Foi uma chama...
Agora é cinza,
Tudo acabado
E nada mais...

Tudo acabado, tudo tristeza, caramba!.... Cabrochas que fogem, leitos vazios, desgraças. Nunca viu tanta dor de corno. Não nasceu para isso, nem tem vocação para sofrer.

Os sambas o incomodam. Por que não está dançando como os outros?...

O negro está hesitante. As horas caminham e o bloco de Madureira é capaz de não vir mais. Os turistas ingleses contemplam o espetáculo a distância e combinam o medo com a curiosidade. A inglesa recomenda de vez em quando:

— Não chegue muito perto, minha filha, que eles avançam...

A mocinha loura pergunta então ao secretário da legação se há perigo:

— Mas eles são ferozes?

— Não, senhorita, pode aproximar-se à vontade, os negros são mansos.

A baiana dos acarajés se ofendeu e resmunga desaforos:

— Nóis é que temo medo de vancês, seu cara de não se que diga; nóis não é bicho, é gente!...

Passa rente aos olhos da *miss* um torso magnífico de ébano. Ela se perturba, fica excitada, segreda aos ouvidos do secretário, tremendo na voz:

— Eu tinha vontade de dançar com um... posso?

— *You are crazy, Amy!...* — exclama-lhe a velha, escandalizada.

Mas os turistas agora se assustam. No fundo da praça, uma correria e começo de pânico. Ouvem-se apitos. As portas de aço descem com fragor. As canções das escolas de samba prosseguem mais vivas, sinfonizando o espaço poeirento. A inglesa velha está afobada, puxa a família, entra por uma porta semicerrada.

— Mataram uma moça!

A notícia, que viera da esquina da rua de Santana, circulou depois em torno da escola Benjamin Constant, corria agora por todos os lados alarmando as mães.

— Mataram uma moça! — comentava-se dentro dos bares. — Mataram sim, mataram uma moça!...

— Que maldade matarem uma moça assim, num dia de alegria! Será possível?...

— Mas mataram sim senhora, garanto que mataram!...

— Como é o tipo dela? O senhor viu?

— Me disseram que é morena, de uns dezenove anos, por aí...

— Morena? Dezenove anos!... Ai, meu Deus! É capaz de ser a minha filha!... Diga depressa como é o tipo do rosto dela...

Outra senhora cheia de pressentimentos se aproxima do informante:

— O homem que estava com ela era preto, era? Estava de branco?... E tinha uma cicatriz? Ai!, se tinha, não me diga mais nada... não me diga mais nada! Meu Deus, mataram minha filha!... Nenucha! Nenucha! Cadê Nenucha?...

As mães todas se levantam e saem a campear as filhas. O clamor de uma vai despertando as outras. Cada qual tem uma filha que pode ser a assassinada. Rompem a multidão, varam os cordões, gritam por elas. Os noivos são ferozes, os namorados prometem sempre matá-las.

A animação da praça é atravessada agora pelo grito das mães aflitas. A mãe da Nenucha, porém, a primeira desgrenhada que se levantou, já está de volta ao seu lugar, voltou porque cruzara com uma que se rasgava toda em imprecações:

— Laurinha, eu bem te disse que não viesses, o malvado jurou que te matava. Virgem Mãe, mataram minha filha... Eu sei... Eu nem quero ver.

A mãe de Nenucha transfere o seu desespero para a mãe de Laurinha e se acalma. Mas apareceu uma gorda a dizer por sua vez à mãe de Laurinha que a morta era outra, uma pequena de Bangu, operária de fábrica. A fera tinha sido presa.

Distante do tumulto mortífero, as outras mães que já haviam arrecadado as filhas seguram-nas bem, ao abrigo dos noivos fatais. Eram as que escaparam de morrer, as que tinham sido salvas.

— Mariazinha, que susto tua mãe passou! Não vai lá mais não, ouviu? É melhor irmos embora, teu namorado está rondando...

Outras mães, cheias de maus presságios, partem ainda à procura das filhas.

Uma senhora que recebia a corte de um português debaixo do coreto, ao ouvir a notícia, larga-se aos berros, ainda toda embrulhada em serpentinas, à procura de sua Odete. Era Odete, com certeza... Nem tinha dúvidas... Dava encontros, punha a mão na cabeça, corria. O povo achava graça imaginando que fosse alguma farsante bêbeda. Odete já devia estar numa poça de sangue, esvaindo-se. Foi o namorado! Nunca tirava os olhos dos seios dela, aquele monstro... Dizia sempre que ela havia de ser sua. E tinha uma cara malvada, o diabo do homem... Coitadinha de sua Odete... Aqueles seios!... Bem não queria, oh!, que fossem tão grandes. Odete também não queria, já estava amedrontada. A mãe corria e soluçava, perguntando a todos onde se achava a filha morta. Era Odete, sim, tinha quase certeza! Caminhava como uma sonâmbula. Falava sozinha, soltando lamentações. Onde é que Odete estaria caída? E não tirava do pensamento que a desgraça foi por causa dos seios da mocinha... Quem não estava vendo? Ela mesma, como mãe, reconhecia que aqueles seios chamavam demais a atenção. Tinha o pressentimento de que aquilo acabava mal. Até os passageiros dos bondes cheios se viravam para apreciá-los, quando Odete parava na calçada. Odete, a princípio, coitada, tão inexperiente, se sentia faceira com eles... Depois, cresceram mais do que se esperava, e ela própria teve medo. Já produziam escândalo... Fora o demônio que tomara conta daquela parte do corpo de sua filha. Ultimamente, era um desespero: a pobrezinha mal podia atravessar a rua, sentia-se perseguida pelos homens. E não eram dois nem três que olhavam, não: da porta dos cafés, de dentro dos armarinhos, das sacadas, de todos os lados, todos queriam espiar, ficavam olhando... Ela passava depressa, envergonhada. Porque sempre foi muito seriazinha a sua Odete... Que gente mal-educada... Deus nos livre dos homens. Que adiantou o *soutien* de arrocho?... Foi pior. "Ah, meu Deus, haverá mãe que possa dormir tranquila vendo os seios da filha crescerem assim dessa maneira?..." Quando Odete caminhava é que eles adquiriam a sua plenitude e mistério. Daí o fato de todo mundo, quando pensa em Odete, pensar logo nos seios dela, que sempre apareciam primeiro e na frente, como a proa dos navios...

A mulher tremia e soluçava. Ah! Odete não tem culpa. Foram os seios, foram... Tanto desejava levá-la para longe desses brutos.

Agora, lá vai como louca, à procura do corpo da filha.

Caminha e vê crescendo uma rosa vermelha bem em cima do seio esquerdo de sua Odete. Dá um grito, cai sem sentidos. Dois pretos carregam-na para um bar. Já outras mães vinham de volta, trazendo as respectivas filhas bem seguras nas mãos. Deram-lhe éter a cheirar, abanaram-na. Quando voltou a si, parecia ter saído de um banho de resignação. Como se tivesse se conformado com tudo o que acontecera.

Começa então a declamar a história da filha com o criminoso: conheceram-se num banho à fantasia, na praia de Ramos; ele parecia distinto a princípio, tinha emprego, dava presentes. Depois... o malvado começou a ameaçar a pobrezinha, a fazer-lhe exigências. Não queria que fosse aos bailes, que usasse blusa de malha. Dizia que ela remexia demais as cadeiras quando caminhava. Proibiu-lhe trazer flor na cabeça, conversar com os amiguinhos.

— Mas a senhora tem certeza de que foi sua filha? — interrompeu um mascarado.

— Se já estou vendo o cadáver!... Ah, meu Deus, que dor! Não! Não! Eu quero é contar a história dela. Isso me consola...

Fez uma pausa. Recomeçou depois, mais patética:

— Ainda tinha dezoito anos. Uma menina... Bordava que era um gosto. Todos apreciavam... Me ajudava tanto.

Um sujeito, vestido de Hailé Selassié, escutava comovido. Pouco a pouco, a pobre senhora foi percebendo que estava sendo cercada de cavalos, bois e porcos prestimosos, além de um Mefistófeles e alguns Arlequins que vieram oferecer seus serviços. Essa fauna grotesca afigurava-se-lhe como aparições do reino do pesadelo. Fixou-os de olhos esbugalhados, deu um grito de horror. Eles compreenderam, tiraram as máscaras. De dentro das máscaras surgiram fisionomias cheias de compaixão, que se voltavam para ela, querendo consolá-la. Alguém disse que a vítima era outra, uma mulata de Madureira, porta-estandarte de um cordão. A mulher não acreditava. Era inútil iludi-la.

Lá fora, um coro de vozes perguntava ainda, insistentemente, por certa Maria Rosa:

> *Cadê Maria Rosa*
> *Tipo acabado de mulher fatal?*

E anunciava que ela tinha como sinal

> *Uma cicatriz,*
> *Dois olhos muito grandes,*
> *Uma boca e um nariz.*

A mulata tinha uma rosa no pixaim da cabeça. Um mascarado tirou a mantilha da companheira, dobrou-a, e fez um travesseiro para a morta. Mas o policial disse que não tocassem nela. Os olhos não estavam bem fechados. Pediram silêncio, como se fosse possível impor silêncio àquela praça barulhenta. A última das mães aflitas chega atrasada, atravessa o cerco, espia bem o cadáver, solta um grito de alegria:

— Ah, eu pensava que fosse a Raimunda! Graças a Deus que não foi com minha filha! Escapaste, Raimunda!

Saiu satisfeita. Alguns malandros, de cavaquinho nas mãos, foram se afastando, meio desajeitados. Um deles dava opinião:

— Dor eu não topo, franqueza... Sou contra o sofrimento.

Tentaram pedir silêncio novamente. Uma rapariga comentava, enxugando as lágrimas:

— Só se você visse, Bentinha, quanto mais a faca enterrava, mais a mulher sorria... Morrer assim nunca se viu...

O crime do negro abriu uma clareira silenciosa no meio do povo. Ficaram todos estarrecidos de espanto vendo Rosinha fechar os olhos. O preto ajoelhado bebia-lhe mudamente o último sorriso e inclinava a cabeça de um lado para outro como se estivesse contemplando uma criança. Uma escola de samba repontava no Mangue. Ainda se ouviam aclamações à turma da Mangueira. Quando o canto foi se aproximando, a mulata parecia que ia se levantar.

E estava sorrindo como se fosse viva, como se estivesse ouvindo as palavras que o assassino agora lhe sussurra baixinho aos ouvidos.

O negro não tira os olhos da vítima. Ela parecia sorrir; os curiosos é que queriam chorar. A qualquer momento ela poderia se erguer para dançar. Nunca se viu defunto tão vivo. Estavam esperando esse milagre. Ouvia-se uma canção que parece ter falado ao criminoso:

Quem quebrou meu violão de estimação?
Foi ela...

Ainda apareceram algumas mães retardatárias rondando de longe a morta.

A morta não tinha mãe nem parentes, só tinha o próprio assassino para chorá-la. É ele quem lhe acaricia os cabelos, lhe faz uma confidência demorada, a chama pelo nome:

— Está na hora, Rosinha... Levanta, meu bem... É o Lira do Amor que vem chegando... Rosinha, você não me atende! Agora não é hora de dormir... Depressa, que nós estamos perdendo... O que é que foi? Você caiu? Como foi?... Fui eu? Eu?... Eu não! Rosinha...

Ele dobra os joelhos para beijá-la. Os que não queriam se comover foram se retirando. O assassino já não sabe bem onde está. Vai sendo levado agora para um destino que lhe é indiferente. É ainda a voz da mesma canção que lhe fala alguma coisa ao desespero:

Quem fez do meu coração seu barracão?
Foi ela...

Que ninguém o incomode agora. Larguem os seus braços. Rosinha está dormindo. Não acordem Rosinha. Não é preciso segurá-lo, que ele não está bêbedo... O céu baixou, se abriu...

Esse temporal assim é bom, porque Rosinha não sai. Tenham paciência... Largar Rosinha ali, ele não larga não... Não! E esses tambores? Ui! Que ventania... É guerra... Ele vai se espalhar... Por que estão malhando em sua cabeça?... Na bigorna do Engenho de Dentro é assim... Se afastem que ele está lutando por ela... Ele é bamba... Não se massacra um operário dessa maneira... Estão atrapalhando o seu caminho para Rosinha... Se apitam assim, acordam ela... Ela já não está mais presente... Deslizando no éter... Deixem ele passar... Os outros fiquem no chão... Fiquem por aí... Ele vai tirar Rosinha da cama... Ela está dormindo, Rosinha... Fugir com ela, para o fundo do país... Abraçá-la no alto de uma colina...

OS AUTORES

Marques Rebelo

Marques Rebelo, jornalista, poeta, contista, romancista e cronista, nasceu no Rio de Janeiro, em 6 de janeiro de 1907. No início dos anos 1920, ingressou na Faculdade de Medicina, que logo abandonou para se dedicar ao comércio em Minas Gerais, São Paulo e Rio de Janeiro. Acumulou assim uma galeria de personagens, os quais mais tarde apareceriam em seus livros. Em 1931 sairia seu primeiro livro de contos, *Oscarina*. A obra-prima, *A estrela sobe*, é lançada em 1939.

Marques Rebelo foi o romancista do Rio de Janeiro, herdeiro do amor pela cidade de Manuel Antônio de Almeida, Machado de Assis e Lima Barreto. Suas obras retratam as transformações dos anos de 1930 a 1960, a vida noturna, a boemia e a sensualidade, uma deliciosa crônica das ruas, dos bondes e da pequena burguesia.

Em 1964 foi eleito para a Academia Brasileira de Letras.

Marques Rebelo faleceu a 26 de agosto de 1973, no Rio de Janeiro que tanto amou.

Rachel de Queiroz

Rachel de Queiroz nasceu em 17 de novembro de 1910 em Fortaleza, Ceará. Ainda não havia completado vinte anos quando publicou uma pequena tiragem de *O Quinze*, seu primeiro romance. Mas tal era a força de seu talento que o livro despertou imediata atenção da crítica de todo o Brasil.

Em 1931, mudou-se para o Rio de Janeiro, mas nunca deixou de visitar sua fazenda "Não Me Deixes", no sertão cearense. Rachel se dedicou ao jornalismo, atividade que exerceu paralelamente à sua produção literária.

Cronista e romancista primorosa, escreveu peças teatrais e livros infantis. É autora do clássico *Memorial de Maria Moura* (1992), que foi adaptado para a televisão em 1994.

Primeira escritora a integrar a Academia Brasileira de Letras (1977), Rachel de Queiroz faleceu no Rio de Janeiro, aos 92 anos, em 4 de novembro de 2003.

Josué Montello

Josué Montello nasceu em São Luís do Maranhão, a 21 de agosto de 1917. Entre suas obras destaca-se *Os tambores de São Luís*, lançada com sucesso em 1965.

Em fins de 1936, transferiu-se para o Rio de Janeiro, onde passou a integrar o grupo intelectual que fundou o jornal *Dom Casmurro* e a colaborar com os periódicos *Careta*, *O Malho* e *Ilustração Brasileira*, e nos suplementos dominicais de *A Manhã*, *O Jornal*, *Correio da Manhã*, *Diário de Notícias* e *Jornal do Commercio*.

Conquistou diversos e importantes prêmios literários.

Josué Montello foi presidente da Academia Brasileira de Letras de 1994 a 1995, e faleceu no Rio de Janeiro em 15 de março de 2006.

ANÍBAL MACHADO

Aníbal Monteiro Machado nasceu em Sabará, Minas Gerais, em 9 de dezembro de 1894. Ainda estudante, publicou na revista *Vida de Minas*, sob o pseudônimo de Antonio Verde.

Escreveu seu primeiro conto, *O rato, o guarda-civil e o transatlântico*, em 1925, que saiu na revista *Estética*, de Sérgio Buarque de Hollanda e Prudente de Moraes, neto. Colaborou com as publicações *Revista do Brasil* (segunda fase), *Boletim de Ariel*, *Revista Acadêmica*, *Para Todos...*, e com os suplementos literários do *Correio da Manhã*, *Diário de Notícias* e *O Jornal*.

Publicou também alguns ensaios e críticas de arte. Foi membro fundador de Os Comediantes, do Teatro Experimental do Negro, do Teatro Popular Brasileiro e do Tablado.

É autor de *João Ternura*, *Cadernos de João* e *Tati, a garota, a morte da porta-estandarte e outras histórias*.

Faleceu em 19 de janeiro de 1964, no Rio de Janeiro.

Este livro foi impresso nas oficinas da
DISTRIBUIDORA RECORD DE SERVIÇOS DE IMPRENSA S.A.
Rua Argentina, 171 – Rio de Janeiro, RJ
para a EDITORA JOSÉ OLYMPIO LTDA.
em junho de 2013

*

81º aniversário desta Casa de livros, fundada em 29.11.1931